のんびりVRMMO記 4

ALPHA LIGHT

まぐろ猫@恢猫
Maguroneko@kaine

JN044792

アルファライト文庫

主な登場人物
Main Characters
ミィ(飯田美紗《いいだみさ》)
双子の幼馴染《おさななじみ》。13歳。
戦闘時に性格が一変する
ハードゲーマー。
`・ェ・´
メイ
二足歩行の
羊の魔物。
身の丈《たけ》より大きな
木槌《きづち》が武器。
°w°
リグ
可愛《かわい》らしい蜘蛛《くも》の魔物。
ツグミのペットとして活躍中。
ツグミ(九重鶫《ここのえつぐみ》)
本編の主人公。25歳。
双子《ふたご》の妹達の親代わりで、
ゲーム世界では生産職に。

ユキコ
プレイヤーキャラで
ナナミの相棒《あいぼう》。
子供に苦手《にがて》意識を
抱えている。
ナナミ
道中知り合った
プレイヤーキャラ。
猫人族の女性で
自由奔放《ほんぽう》な性格。
ヒバリ（九重《ここのえ》雲雀《ひばり》）
双子の姉。13歳。
活発な性格で、幽霊《ゆうれい》以外は
怖《こわ》いものなし。
抱えているのは小麦。
ヒタキ（九重《ここのえ》鶲《ひたき》）
双子の妹。13歳。
あまり感情を表に出さないが、
実は悪戯《いたずら》っ子。
抱《かか》えているのは小桜。

現在は日曜日の夕方。俺、九重鶫《ここのえつぐみ》はリビングで洗濯物《せんたくもの》を畳《たた》んでいる。
家で遊んでいた双子《ふたご》の妹である雲雀《ひばり》と鶲《ひたき》、そして彼女らの幼馴染《おさななじみ》である飯田美紗《いいだみさ》ちゃんは、「乙女《おとめ》の買い物」とやらで、昼食を食べたらすぐに3人連《つ》れ立って行ってしまった。
俺では買えない物を買う目的らしいので、もちろん快《こころよ》く送り出した。

「……でも、俺に下着を畳ませるあたり、まだまだ子供だな。うん」

1人になると、どうしても独《ひと》り言《ごと》が多くなってしまう。ささっとすべて畳み終え、双子の部屋に運び、タンスの中にしまった。自分の洗濯物も同じように片付ける。
冷蔵庫の中身と相談しつつ夕飯を作っていると、狙《ねら》ったかのようなタイミングで3人が帰って来た。「なにか手伝う？」と聞いてきた彼女達に風呂の掃除《そうじ》を頼《たの》み、俺は夕飯を完成させた。

夕食後、「昼間ゲームできなかった分を取り戻す！」と息巻いている3人をなだめつつ、俺は鶲に渡されたヘッドセットを被《かぶ》り、いつものようにVRMMO【REAL《リアル》&MAKE《メイク》】にログインする。

◆　◆　◆

意識が浮上する感覚がして、目を開くと噴水《ふんすい》広場が広がっていた。ここ迷宮《めいきゅう》の街ダジィンも含め、どの街でも広場のデザインは同じだから、少し安心。

いつも通りウィンドウを開き、ペットのリグとメイのステータスを【休眠】から【活動】に移す。

するとすぐに魔法陣が現れ、そこから2匹が飛び出してくる。俺は地面に膝《ひざ》を突き受け止めた。

「今日もよろしくな」

(`>w<)
「シュシュ！」

(*￣ェ￣)ゞ
「めめっ！」

元気な返事をして、すりすりと擦《す》り寄って来たので、思わず笑《え》みが零《こぼ》れる。

リグが俺の身体《からだ》を上り、フードに入るまで待った。

いつも思うんだが、妹が俺達のやり取りを微笑《ほほえ》ましそうに見るのはなんでだ？

「じゃあまず、適当《てきとう》に食材を買って作業場に行くか。料理しなくても構わないけど……」

「それは嫌《いや》！　ダンジョン探索《たんさく》にはツグ兄《に》ぃの料理が絶対必要！」

「夕飯食べたばかり。ヒバリちゃん、食い意地はりすぎ。でも、必要なのは認《みと》める」


ヒバリが大きな声を上げて両手を掲《かか》げた。オーバーリアクションのヒバリに対しヒタキがボソッと呟《つぶや》き、それを聞いたミィが狼《おおかみ》の耳を揺《ゆ》らして苦笑《くしょう》している。

まぁ確かに、夕飯を食べてすぐゲームを始めたのに……恐るべしヒバリ。

万年腹減《まんねんはらべ》らしのヒバリは放っておき、メイの手を握《にぎ》り、俺は露店《ろてん》が集まる大通りを歩く。

ダンジョン攻略には時間が掛かるし、料理の手抜きは主夫《しゅふ》として嫌なので、買い物は手早く済ませよう。

野菜と肉、木の実、果物《くだもの》や干《ほ》し物も買っておく。NPC《ノンプレイヤーキャラクター》のお姉さんに聞き、値《ね》は張《は》るがラム酒《しゅ》もGET。醤油《しょうゆ》程《ほど》高くはないから安心。

買い物が終わると作業場へ向かう。入り口で部屋の空《あ》き具合を確認して申し込み、階段を上がった。今回は3時間くらいを予定しているんだが、上手《うま》く料理が作れなかったら延《えん》長《ちょう》だな。

お洒落《しゃれ》なクロスが掛けられたテーブル上に、インベントリに入った料理を並べていると、ミイに問い掛けられる。

「ツグ兄様《にいさま》、今日はなにを作りますの？　どんな物でもおいしく作られるのは分かっておりますが、メニューを聞くのがわたしの楽しみなのです」

「持ち上げても大《たい》した物は出ないぞ。そうだな……ナッツと干《ほ》しぶどうでカンパーニュ。ウィンナーを買ったから、ジャガイモとチーズでグラタン風《ふう》に焼く。使ってない水筒《すいとう》があるからロールキャベツ。ああもちろん、お菓子《かし》としてクッキーは忘れてないよ」

「まあ、本当に楽しみですわ。なにかお手伝いできることがありましたら、わたしに言ってくださいましね？」

「ああ、その時は頼むよ」

竈《かまど》に火を入れるのはヒバリの仕事だけど、力仕事はミィの専門と化している。かなり時間が短縮《たんしゅく》できて、俺はいつも感謝してるよ。

ハーブティーの入った水筒とティーセットをテーブルに置き、自力《じりき》では乗れない椅子《いす》の上にメイを上げてやる。

匂《にお》いに釣《つ》られてフードの中でゴソゴソしているリグもテーブルの上へ。テーブルは大きいから、リグを乗せても大丈夫なんだ。

「まっ、まだ出てない！」

「ヒバリちゃん、涎《よだれ》」

不意に聞こえてきた双子の掛け合いに軽く笑いながら、俺は作業台へ。

ううむ、カンパーニュとグラタンもどきはオーブンを使うから、同時に作ったほうが……って、クッキーもか。そのあとロールキャベツ、の順番で良いか。

じゃあカンパーニュの材料である水、万能粉《ばんのうこ》のスライムスターチ、ライ麦《むぎ》、砂糖《さとう》、塩、ナッツ、干しぶどうを用意。

ここからの方法はゲームだからまかり通るだけで、現実では参考にしないように。

まず干しぶどうに大さじ1～2くらいのラム酒を振りかけておく。竈に入れても大丈夫なボウルを用意し、水、スライムスターチ、ライ麦、砂糖、塩、ナッツ、ラム酒を振りかけた干しぶどうを混ぜ合わせ、ある程度まとまったら台の上でこね、形を整《ととの》える。

再度ボウルの中に入れ、予熱な布巾《ふきん》を被せ1時間くらい放っておく。なぜかと言えば、一次、二次発酵《はっこう》とベンチタイムのためだな。うん、我《われ》ながら適当。

その間にジャガイモ、玉ねぎ、ウィンナー、チーズ、マヨネーズもどき、塩とコショウを用意。マヨネーズもどきは早速《さっそく》ミィを呼び手伝ってもらいました。工程はばっさり省略《しょうりゃく》するけど。

耐熱皿《たいねつざら》を取り出し、皮を剥《む》いて5ミリくらいにスライスしたジャガイモを敷《し》き詰《つ》める。玉ねぎも同じようにスライスし、ジャガイモの上に。塩とコショウを振り、適当にカットしたウィンナーを載《の》せて、マヨネーズもどきを全体に掛ける。

ちなみに、タコさんカニさんウィンナーも作って、少し入れておいた。

最後にチーズをふんだんに載せ竈に……と行きたいところだが、カンパーニュがまだなので保留。

次はこの間も作ったことのあるクッキー。アイスボックスクッキーや、ナッツ、ジャム、チーズ、バタークッキーといろいろ作ろう。

そう言えば、チョコは露店で見たことがないな。あったらもっとお菓子のレパートリーが増えるんだけど……。

「ヒバリ、竈に火を入れてくれるか？　温度は250度くらいで」

「はーい」

使い終わった器具を片付けたり、もう使わない食材をしまいながら、ヒバリに声をかける。

竈の温度調整が終わったら、あとは良い具合《ぐあい》に焼き上がるのを待つだけ。これは俺の仕事だけど。

カンパーニュ特有の模様《もよう》を付けるため、作業台の奥にあったコルプ型にスライムスターチを振りかける。綴《と》じ目を上にして入れ、取り出してきちんと模様が付いているのを確認。

水で濡《ぬ》らしたナイフで、模様が付いた生地《きじ》に切れ込みを5ミリの深さに入れる。

そして竈に入れても大丈夫な板に載せ、グラタンもどき、いろいろクッキーと一緒に竈の中へ。

焼き上がるまで大体30分、俺は竈に噛《かじ》り付いて眺《なが》めていた。

焼き上がったカンパーニュは冷ますために籠《かご》の中に入れて作業台に放置し、グラタンもどきはインベントリへ。いろいろクッキーは包装紙《ほうそうし》を敷いた籠の中に入れ、和気《わき》あいあいとお茶会をしている妹達に差し入れる。

俺も1枚食べたんだが、焼き立てだからおいしさが引き立っている。自画自賛《じがじさん》だな。

ちなみに料理の評価は下記の通り。


【ナッツと干《ほ》しぶどうのカンパーニュ】

外はカリッと中はふわっと。ナッツと干しぶどうがアクセントとなった、なかなか美味《びみ》な一品。

レア度5。満腹度《まんぷくど》＋25％。

【ウィンナーと野菜のあつあつマヨネーズ焼き】

トロトロに溶《と》けたあつあつチーズが食欲をそそる。タコさんウィンナーとカニさんウィンナーが可愛《かわい》らしい。レア度4。満腹度＋15％。

【いろいろ絶品《ぜっぴん》クッキー】

アイスボックスクッキー、ナッツ、ジャム、チーズ、バタークッキーと、様々な種類を作れる製作者の万能っぷりが凄《すさ》まじい一品。レア度5。満腹度＋5％。

「さて、次はっと……」

続いて、ロールキャベツに必要なものを出していく。材料はキャベツの葉、合《あ》い挽《び》き肉、玉ねぎ、人参《にんじん》、塩とコショウ、醤油、スライムスターチ、ベーコン、水だ。

固形のコンソメがあれば万々歳《ばんばんざい》なんだが無い物は諦《あきら》め、和風の味付けで勘弁《かんべん》してもらおう。

醤油は残り少なかったので、また買ってきた。無駄《むだ》に高い。

まずはキャベツから。キャベツの葉の根元に包丁《ほうちょう》で切り込みを入れ、芯《しん》を取る。

切り込みから水を葉の間に流し、水の重みを利用すると葉が外《はず》しやすい。量はあればあるだけ良いと思うので、半分くらいまで1枚1枚丁寧《ていねい》に剥《は》がす。

少しばかり水筒の容量が気になったが、足《た》りなかったら買いに行けばいいさ。

大きな鍋《なべ》で湯を沸《わ》かし、葉を茹《ゆ》でる。具の巻きやすさを考え、根元に近く硬《かた》い部分から茹でるのがちょっとしたポイントだな。

葉を破《やぶ》らないよう注意しながらザルに取り、冷めたら芯の部分を、包丁を使い平《たい》らになるよう削《そ》ぎとる。好みだと思うけど、取った芯は刻《きざ》んでロールキャベツの種に入れるから、俺は残すよ。

そして玉ねぎと人参をみじん切りに。

キャベツの葉と野菜は置いておき、フライパンに大さじ1の油を入れて熱し、合い挽き肉を炒《いた》める。

肉の色が変わったらみじん切りの玉ねぎと人参を加え、火が通ったら塩コショウで軽く味付けし、とろみが付くとおいしいので、スライムスターチを振りかけ混ぜ合わせる。

キャベツの葉を手繰《たぐ》り寄せ、ロールキャベツのタネを葉の芯近くの中央に載せ、春巻きの要領《ようりょう》で包んでいく。

昔ヒタキが武器として使っていた竹串《たけぐし》を小さく切りそろえ、爪楊枝《つまようじ》代わりにして留《と》める。

鍋に薄く油を敷き、ベーコンが焦《こ》げ付かないようにゆっくり炒める。

水と醤油をベーコンが炒められた鍋に加え、火を入れる。ある程度温まったらロールキャベツを鍋に並べていき、水が足りなかったら味を見ながら足して中火で煮込《にこ》む。

ほとんど材料に火が通っているので、間もなく完成。

数を作り過ぎて水筒が足りず、妹達に買いに行ってもらうハプニングこそあったが、しばらく料理しなくても良さそうな量が出来た。

俺は程よく冷めたカンパーニュ、水筒詰《づ》めのロールキャベツをインベントリの中にしまう。

双子やペット達もお腹《なか》が満足したようなので、俺は一言断《ことわ》り、クッキーをインベントリに戻していく。

そして自分のハーブティーを準備しようとしたところ、「ご苦労様ですわ」という労《いた》わりの言葉をくれたミィが、お茶を出してくれた。

「よし、とりあえず料理は終わった。まだ少し時間があるけど、どうする？」

「どうする、って言われても、中級ダンジョンをクリアするまで、宿屋とダンジョンを往《おう》復《ふく》するだけだよ～」

「ダンジョン踏破《とうは》は箔《はく》が付く。ＮＰＣの信用値が高くなる、って掲示板で見た。ツグ兄《にい》。私達、すぐにダンジョン行く」

俺の聞き方も悪かった気はするが、ヒバリの答えはどこか的《まと》を射《い》ていない。

その不足分をヒタキが補《おぎな》ってくれたので、俺はミィが注《つ》いでくれたハーブティーを飲み干して、テーブルの上を片付けた。

ちなみに「箔が付く」の意味を聞くと、どのランクにしろ、ダンジョンをクリアしていれば未成年でも軽《かろ》んじられることは無いし、相応《そうおう》の扱《あつか》いを受けられるそうだ。

システム上、ダンジョンのクリアに関して嘘《うそ》はつけないからな。

ただし、自分だけでは到底《とうてい》クリアできないダンジョンに、高レベルの冒険者に連れて行ってもらった場合でも、一応クリアしたことになってしまうらしいが……まあ、そんな感じだ。

俺はお腹を見せ舟《ふね》を漕《こ》いでいたリグを抱《だ》き上げ、メイを椅子から降ろすと、いつものように手をつないだ。

まだ作業部屋の利用時間はあまっているが、ダンジョン探索に向かうべく大通りに出る。

ゲーム内時間を見計《みはか》らってログインしたから、今は早朝。それでも行き交う人々はそれなりに多い。ぶつかったりはぐれたりしないよう、気を付けながらギルドへ向かった。

妹達のあとに続きギルドに入ると、どことなくいつもより活気《かっき》があるように感じた。不思議に思い首を捻《ひね》りながら、クエストボードの前に立つ。

中級中級……と探《さが》していると、不意にヒバリが、上のほうに貼《は》ってあったプレイヤーの出したクエストを読み上げた。

「ん？　ええと、上級ダンジョン50階のマルチボスで【ドキドキ☆　もしかしたら首のポロリもあるよ！　断罪者《だんざいしゃ》たん追いかけっこ大会】が開催《かいさい》されてるね」

「……なんだそれ」

「……」

「分からないのか？」

「…………うん」


もう1回くらい言っておこう、なんだそれ。


「断罪のエクスキューショナーっていうボスがいて、それと追いかけっこする催《もよお》し物。ボスは特定の弱点を攻撃しないと無限に生き返る。どう隠《かく》れても見つけ出される……なんだろう？」

「催し物に参加したくても、中級すらクリアしていないわたし達には無理ですわ。あ、これが中級ダンジョンの討伐《とうばつ》クエストですわね」


ヒバリの横で同じように見上げていたヒタキが呟き、こちらに向いて首を傾《かし》げた。うん、なんだろうね。

そんな双子に苦笑しつつ、ミィは1枚の紙を差し出す。ありがたく受け取った俺は、皆を引き連れ受付を済ませた。

上級の話はさっさと忘れ、ギルドを出るとそのままダンジョンへ。

今日も今日とてダンジョンの入り口には門番がいて、冒険者達を一瞥《いちべつ》する。でもそれだけだ。

フルプレートメイルだし、きっと夏は地獄《じごく》だろうな……と意味の無いことを考えながら、【階数】を20階に設定していよいよ突入だ。


【迷宮20階層目】


前回ここでネクロマンサーと愉快《ゆかい》な仲間達を倒したおかげか、警戒《けいかい》していた腐臭《ふしゅう》は消え去っていた。いそいそスキル【ライト】で明かりを増やしている怖《こわ》がりのヒバリから、俺はそっと目を逸《そ》らす。

「ふふ、わたしはいつでも行けますわ」

「ん。21階からは結構魔物が強くなるし、いろんな魔物が出たり、連携《れんけい》したりしてくる。あと罠《わな》がいっぱい。私より先を歩かないように」

「……ぬなっ、そこでなんで私を見るの⁉　いや、わ、分かってるけどっ。分かってるけどねっ！」

「はいはい、そうだね」


俺の視線に軽く伸《の》びをしながら微笑んで答えてくれるミィと、コクリと頷《うなず》いて注意してくれるヒタキ。思わず皆でヒバリを見てしまったのはお約束だが、俺も気を付けなくては。罠には、単純にダメージを与える物からPT《パーティ》を分断する物まである。1人にされたら困るどころの騒《さわ》ぎではない。

皆の準備が終わったのを確認したヒタキが前を向き、階段を上がっていく。そんなヒタキに俺達も続いた。

その先にあったのは見慣れた石畳《いしだたみ》ではなく、壁《かべ》や天井に至《いた》るまで土で出来たダンジョン。土はわずかに湿《しめ》り気《け》を帯《お》びており、ジメッとした空気が漂《ただよ》っている。

死霊《しりょう》が跋扈《ばっこ》する陰気臭《いんきくさ》いエリアをようやく抜けたと思ったのに、今度はもっと陰気臭くなった。主に湿気で。

【迷宮21階層目】


上下左右を土で囲まれたダンジョンを、物珍《ものめずら》しくてキョロキョロと見渡す。知恵の街エーチの大図書館地下は多分洞窟《どうくつ》だったし、ここは少し異なる。

いつも通りヒタキを先頭にして進んでいると、ふと彼女が足を止め、こちらを振り返った。

「ん、ここの魔物は確かホワイトアント。戦えなかったアクエリアのリベンジマッチ。気合い入る」

「あの時はまだゲーム始めたばっかだったし、ミィちゃんもいなかったしね。今ならレベルもホワイトアントより高いし、ミィちゃんもメイもいるから、むしろかかって来い状態だよね！」

軽く笑みを浮かべたヒタキに、両手をグッと握り締《し》めて元気良く応じるヒバリ。

まだ数日前（リアルで）の話だとしても、ああそんなことあったなぁ、って感じだ。

たまたま仲良くなったハニービーに頼まれ森を探索した時、たまたまホワイトアントとハイエナを見つけたっけ。ハイエナの名前はなんだったか……。

あの時はレベルが低くて討伐依頼を泣く泣く断念《だんねん》したが、今なら苦労せずともこなせるだろう。ああでも、確か1匹見たら1000匹はいると思え、って言われたよな。物量《ぶつりょう》には気を付けなくては。

「ヒバリちゃん、ヒタキちゃん。あまり急ぎ過ぎると後ろからの攻撃に対応できませんわ。お気を付けくださいまし」

ミィがクスクス笑いつつ、気合いの入っている双子をゆっくりと追う。
そんな3人の姿に、俺とメイは顔を見合わせ足を速めた。いくらリグとメイが護衛《ごえい》してくれていても、置いてかれるのはごめんだ。

「む」
「ん、どうした？」

しばらくすると、ヒタキが小さな声を漏《も》らしてまた足を止めた。
どうやら道が二股《ふたまた》に分かれており、どちらに進むか迷《まよ》っているようだ。彼女が言うには右にはホワイトアントがたくさんいて、左にはなにもいない大きな部屋があるとのこと。

ただし右の道はやがて、人ひとりがやっと通れる程の広さになってしまうので、どう考えても左の道を行くしかない。狭《せま》い通路で戦うのはやめたほうがいいと、満場一致《まんじょういっち》で決まった……ってかヒタキのスキル【気配《けはい》探知】は有用過ぎるな。

俺達は左の道を進んでいく。

広い通路もあれば人ひとりがどうにか通れる通路もあり、天井にはそれより小さい穴も見えるし、本格的にアリの巣に迷い込んだ気分だ。いや、現在進行形で迷い込んでるんだけど。

ちなみに、例によってメイの大鉄槌《おおてっつい》は狭くて振り回せないので、胸のモコモコにしまいこんだまま。

「たまに、ダンジョンは地形を変える時がある。でも、プレイヤー有志《ゆうし》のおかげですぐ地図が出来る。ここは女王蟻《じょおうあり》の大広間。マルチプレイなら稀《まれ》にレイドボスの女王蟻と戦闘になるけど、シングルの私達には関係ない」

「ぬぉっ⁉」

５分くらい歩いてたどり着いたのは、壁にたくさんの松明《たいまつ》が灯《とも》された、それはそれは広い空間だった。ヒタキの説明を聞いていたヒバリだったが、あたりを見渡した瞬間、奇妙な悲鳴を上げて俺の後ろに隠れてしまう。

確かに気持ち悪い。ヒバリの【ライト】と松明で照《て》らされた壁には、至るところに黒い穴があり、そこから白い身体が見え隠れしている。

ホワイトアントは俺達を警戒《けいかい》しているらしく、通路から出て来なかった。

するとリグが俺の腕からピョンッと飛び降り、身体を震《ふる》わせて威嚇《いかく》する。

メイは胸のモコモコ収納から黒金《くろがね》の大鉄槌を取り出し、地面に叩《たた》き付けた。響《ひび》く地鳴《じな》りによって、通路から後退するホワイトアント。

メイとしてはちょっぴり威圧《いあつ》しただけだろう。だが、ホワイトアントは恐怖したに違いない。

なんせ今まで、敵のほとんどがあの一撃で粉砕《ふんさい》されているのだ。さすがに、ボスや物理攻撃の効《き》かない魔物は無理だけど。

「ホワイトアントは縄張《なわば》り意識が強いけど、闘争心はそんなに無い。草食だし。敵《かな》わないと分かって、こちらが出ていくのを待ってるだけ。戦うのは難《むずか》しい、どんどん逃げてってるから」

「メイ、そんなに落ち込まないでくださいまし。獲物《えもの》は次の階で見つければ良いのです。きっとわたし達の眼鏡《めがね》に適《かな》う、良い獲物が転がり込んで来ますわ」

　両手を胸の前で合わせ、小首を傾げて笑顔で話すミィは無視しておこう。俺はしょんぼり肩を落とすメイに寄り添《そ》い、何度か頭を撫《な》でて慰《なぐさ》める。

　ヒタキがそんな俺達をジィッと見ていたので「どうした？」と問うと、無言でグッジョブポーズを作り、クィッと出口らしき場所を指差した。あ、うん行く行く。

　ヒタキが言うにはホワイトアントが離《はな》れたので、階段を探すのがとても楽になったらしい。

　そう言えば、最近めっきり宝箱を見かけない気がする。ダンジョンを端《はし》から端まで探索していないから、当たり前かもしれない。

　そんなこんなで階段を見つけ、上の階である22階へ。


【迷宮22階層目】


「わぁお、すごい蒸《む》し暑《あつ》い……」

　22階に来た瞬間、ヒバリは心底嫌そうに呟いた。

階段では全然気付かなかったけど、確かにムワッとした熱気と湿気が俺達を襲《おそ》う。思わず顔をしかめながらあたりを見渡すと、密林《みつりん》のせいだと分かった。

そうだなぁ。アマゾンの熱帯雨林《ねったいうりん》はこんな感じ、なのかもしれない。

ゲーム内のリアリティ設定を【無し】にしている俺達でこれなら、リアリティ設定を【高】にしている人達は悲惨《ひさん》そうだ。

ドン引きしているヒバリを全員で励《はげ》まし、木が密集していて、またも武器が振り回せず肩を落とすメイもついでに励まし、早速密林の中に入っていく。

俺が先頭に立ち、ガッサガッサと大胆《だいたん》に草を左右に分ける。身長は俺が一番高いので、これくらいはやらせて欲しいと自《みずか》ら立候補した。

湿り気を帯びた草は不快感が半端無《はんぱな》いけど我慢《がまん》。ちゃんとついて来るんだぞ。

すると、後ろからヒタキの声が聞こえた。

「ここは、ゴブリンの群《む》れとオーク単品。草や木に擬態《ぎたい》した食虫植物がいる。人も食べる。魔物の擬態は私がいるし、見破《みやぶ》れるけど。ここ褒《ほ》めるところ」

心なしか胸を張って、自信満々な表情のヒタキが可愛《かわい》かったので、草の背丈《せたけ》が低い場所に出た時、頭を撫で回しておいた。

「あ、魔物。あれ、オーク」

「うぉぉぉおおキモいっ！」

「え？　は？　あ……あれは確かにキモい！」

　ここなら動けるので魔物でも探すか……と思っていると、ヒタキが指差した方向にヒバリが視線を向け、雄々《おお》しい雄叫《おたけ》びと共に剣を抜く。

　釣られて俺も木々の合間《あいま》を見て、思わず叫んでしまった。豚面《ぶたづら》の、黒光り日焼け筋肉ムキムキ腰蓑《こしみの》オークに出会ったら、誰でも、俺やヒバリのように叫んでしまうだろう。

　しかも、ボディビルのポージングであるリラックス、サイドリラックス、ダブルバイセプス、ラットスプレッド、サイドチェスト、サイドトライセプス、アブドミナル＆サイ、モストマスキュラー、オリバーといったポーズを取りながら、１歩ずつ近付いて来るのだ。

　正直、妹達の情操《じょうそう》教育に悪い気がする……。

　ああそう、あれは俺とある親友が中学２年生の時だった。

　いきなりそいつが「筋肉王に、俺はなる！」とか意味の分からないことを言い出し、巻き込まれた俺は、１週間くらいボディビルダーについて調《しら》べさせられた。

だが、俺も親友もあまり筋肉がつく体質ではないことが分かり、すぐに興味を失ってしまった。俺に残されたのは、ボディビルダーの無駄知識だけ。

ふと、過去の記憶が走馬灯《そうまとう》のように頭をよぎったが、もう終わったことだと思考を切り替える。

俺は、白い歯……というより牙《きば》を見せ、笑みを浮かべるオークから視線を逸らさずに、できるだけ小声で隣《となり》にいたメイにしゃべりかけた。

「メイ、ここなら振り回せるだろう？　あれ、どうにかできるか？」

「めっ！」

(`・ェ・´)b

「じゃあ頼んだ。頑張《がんば》れ」

最前列のど真ん前でムキムキオークと相対《あいたい》するヒバリは、一応剣は構えているものの、固まったまま動かない。

ヒタキはいつも通り無表情だが、かすかに肩が震えている。きっと笑いを堪《こら》えているのだろう。

ミィは残念ながら後ろ姿しか見えないので、どんな表情かは分からなかった。

　メイは元気に返事をすると同時に駆《か》け出し、胸のモコモコに手を入れて黒金の大鉄槌を取り出す。そしてヒバリに当たらないよう振り下ろして攻撃するが、オークは間一髪《かんいっぱつ》、バク転のような動きで距離《きょり》を取った。

　途端《とたん》に響く、大鉄槌が地面を打つ轟音《ごうおん》。固まっていたヒバリがハッとして口を開いた。

「こ、腰蓑の中身はちゃんと暗くなって見えなかったよ！」

「……ヒバリ、落ち着け」

「おおぉおぉぉ落ち着いてるよ！」

　オークの呪縛《じゅばく》からようやく解《と》き放たれたヒバリが言い放った言葉に、俺はすかさずツッコミを入れてしまった。ヒタキのほうからブハッと口から空気が抜ける音がしたので視線を向けると、口元を押さえて盛大《せいだい》に肩を震わせていた。どうやらツボに入ったらしい。

「ツグ兄様、危《あぶ》ないですわ！」

　変態《へんたい》っぽくても魔物は魔物、視線を逸らしてしまったのが仇《あだ》となった。ミィの鋭い叫び声と共に俺の頭上に大きな影が差し、視線を戻すと視界いっぱいにオークが。

俺は身構える暇《ひま》もなく、妹の身体くらいある太い足で、サッカーボールのように蹴《け》り飛ばされた。

衝撃《しょうげき》で思わずリグを手放してしまったが、リグは無事に着地できたらしく、吹き飛んだ俺の側に心配そうに近寄ってきた。リグに怪我《けが》はなさそうだな、とホッと一息つく。

ちなみに蹴り飛ばされた際の衝撃は、現実で小突《こづ》かれた程度で、大したことはない。せいぜい2、3歩よろめくくらいの力だった。

転がった身体を起こすと、メイ達がちょうど飛び掛かるところだった。フルボッコとはこうするんだよ、という見本を見ている気がするが……いや、気のせいじゃない。

どこか恍惚《こうこつ》とした表情でミィに頭を蹴り飛ばされたオークが、光の粒《つぶ》へ変わっていく。


「まったく、酷《ひど》い変態《へんたい》でしたわ」

「む、ごめん。面白《おもしろ》いから警戒怠《おこた》った。ツグ兄、大丈夫？」

「ああ、大丈夫だ」

「あ、ツグ兄ぃのHP、6割も吹き飛んでるよ。ヤバイよ、【メディア】で回復しとくね」

蹴りで倒したのに、両手でパンパンとゴミをはたく仕草《しぐさ》をしながら溜《た》め息をつくミィと、すまなそうな表情で駆け寄ってきて、手を差し伸べてくれるヒタキ。

ヒバリはウィンドウの、ＰＴのＨＰ一覧《いちらん》を見て驚き、回復魔法を使ってくれた。

「さて、進むか」

くっついてきたメイや妹達を促《うなが》して歩き出す。ゲーム時間で1週間ここにいられるとしても、時間は有限なので、急いだほうが良いだろう。

上階への階段を探す途中、ぶよぶよの脂肪《しぼう》に包まれたオークや、様々な武器で武装したゴブリンに襲われた。

あの筋肉オークは1体しかいなかったらしく、他のオークはすべて醜《みにく》い脂肪で身体を包んでいた。その違いがちょっとだけ気になった。

階段を見つけ上りはじめると、今までで一番長いようで、5分間上っても出口が見えない。

ヒタキ先生曰《いわ》く、密林の木のせい。木が高ければ天井も高いということで、階段もこんな風に伸びたんだろうと。

なるほど、と俺は頷く。そんな風に楽しく会話をしていると、やがて出口が姿を現した。

次の階の湿気は酷くないらしく、ヒバリがはしゃいでいる。ただし出口ではしゃいでたら邪魔《じゃま》だから、早く行きなさい。

【迷宮23階層目】

23階は砂に覆《おお》われたダンジョンらしく、階段を出ると足が砂に少し沈《しず》んだ。砂漠《さばく》のような場所だがあまり暑さは感じられず、俺には快適な気温だと思える。

一面砂ばかりだが、遠くにオアシスと思《おぼ》しき水辺と草の緑が多少見えており、まずはそこを目指すことになった。

「簡単に言うと、ここはサソリ、ライオン、ミミズが出てくる。サソリはスコーピオンって名前で防御力が高く、関節の継《つ》ぎ目を狙わないとほとんど効かない。でも打撃と水魔法が弱点だから、倒すのは問題ない。ライオンはレオンって名前で、ライオンのオスがそのまま大きくなった感じ。攻撃力が高いから、ツグ兄は一撃死の可能性があるから気をつけて。でも、火魔法にしか耐久性《たいきゅうせい》のない紙防御だからすぐ倒せる。最後はミミズだけど、これが難敵《なんてき》。名前はワームで、小さいやつでも3メートル、大きいやつだと数十メートルになるらしい。いつもは砂の中に潜《もぐ》ってて、振動を感知《かんち》して飛び出し獲物を捕食《ほしょく》する。攻撃力はあまりないけど、パクッて丸呑《まるの》みされたら敵わない。気をつけないとダメ。む、私が気をつける。あと体力が物凄《ものすご》くあるから、倒すのに時間かかるって書いてあった」

オアシスに向かう最中、ヒタキ先生の魔物講座を聞く俺達。砂に足を取られて結構歩きにくいんだが、泥《どろ》でぬかるんでいたり、膝まで水に浸《つ》かっていたりするよりはマシだ。

軽くあたりを見渡すと、遠くに大きな魔物がいた。そろそろレベル的に強い魔物が出てくる階層だからな、気を付けないと。

オアシスに到着するなり、ヒバリが足装備を解除《かいじょ》して水に足を浸《ひた》した。湧《わ》き出ている水は透明《とうめい》で底まで見通すことができ、軽く手を浸すと冷たくて気持ちが良い。

濡れているようで濡れていない手をいつもの感覚で振り、俺は木陰《こかげ》に座るヒタキの元へ。はしゃぐヒバリには、ミィとメイがお目付役《めつけやく》で付いているから大丈夫だろう。

ヒタキの横に立ち、楽しそうなヒバリを見ながら話しかける。


「上に行く階段、見つけるの大変になってきたな」

「ん、でも楽しいから大丈夫。皆と一緒ならなんでも楽しい」

「そっか」


返答に癒《いや》された俺はぽふぽふとヒタキの頭を撫で、大きく伸びをした。

さて、もう少し休憩《きゅうけい》したら探索を開始するか。

空には太陽のような球体が輝《かがや》いており、天井は遥《はる》か上空。

それも、ワームとかいう数十メートル級の魔物が出るなら仕方ない。階段を上るのに、また時間が掛かりそうだけど。

◆◆◆

そこで不意に以前の記憶が蘇《よみがえ》り、俺は準備万端《ばんたん》なヒタキに話しかける。

「そう言えば以前、サンドワームってミミズがいたよな？　名前が似てるし仲間なのか？」

「ん、サンドワームが進化したらワームになる。過酷《かこく》な生存競争に勝った証《あかし》。でも、ワームよりサンドワームのほうが強そうな名前なのは、言わない約束」

「なるほど。大人《おとな》の事情ってやつか」

「ん、大人の事情」

小さくコクリと頷き、ミニ知識を披露《ひろう》するヒタキ先生。

この階は広い砂漠なので、嬉々《きき》として黒金の大鉄槌を振り回すメイの横で、俺はゲームの生存競争って怖いな、と感じていた。

小さいやつは糸ミミズくらいなのに、なにがどうなって数十メートルにまで……俺はそっと考えるのを放棄《ほうき》した。

そして、歩き出した皆の後ろをのんびりと歩く。

何ヶ所もあるオアシスで順々に休息しながら階段を探す、というのが今回の攻略プランだ。

オアシス付近は魔物の出現率が低いから助かる。貴重《きちょう》な水場なんだから、むしろ魔物の縄張《なわば》り争《あらそ》いとかありそうだけどな。

少し豆知識になっちゃうけど、快適な気温の砂漠だが、気を抜くとすぐに給水度が減《へ》ってしまう。

現に俺の給水度は、砂漠に来てまだあまり時間が経《た》っていないのに、もう3分の1も減っている。注意せねば。

「む、進行方向に敵影《てきえい》2。少し遠いから自信ないけど、多分スコーピオンとレオン。2匹が敵対して戦ってる。これは確か」

スキル【気配探知】に引っかかったらしく、ヒタキが前方を睨《にら》み立ち止まった。

この分野に関してヒタキ以上に能力がある者はいないので、彼女が止まるなら俺達も全力で止まっちゃう。頼りにしてるよ、うん。

とりあえず気付かれない程度まで近付こうと、ゆっくり歩きながら作戦会議を始める妹達。

「スコーピオンは尻尾《しっぽ》の毒針《どくばり》による状態異常、尻尾による振り払い、大きなふたつの鋏《はさみ》による攻撃に注意しなければいけませんわ。レオンは強靭《きょうじん》な牙と爪《つめ》を持っておりますの」

「ん、スコーピオンは愚鈍《ぐどん》で防御力は高いけど、関節が柔《やわ》らかい。レオンは素早《すばや》いけど動きが単調《たんちょう》。迂回《うかい》して避《さ》けることもできるけど、ちょうど良いから倒す」

(｀・ェ・´)

「私達が戦う時、めっちゃＨＰ減ってそうだね。ラッキー！」

「めぇめ」

ミィ、ヒタキ、ヒバリにメイも元気よく応じた。するとヒバリが更に続ける。

「うん、棚《たな》ぼた棚ぼた……って言ってたら、ツグ兄ぃのぼた餅《もち》食べたくなってきた～。今度作ってもらおう！　うん」

(*´ェ`)b

「めぇ！」

近付くに連れ、次第に戦闘が間近《まぢか》に感じられ、魔物の大きさに俺は目を見張《みは》った。

一言で言うなら怪獣《かいじゅう》大戦争。

スコーピオンは、砂漠では保護色《ほごしょく》となる茶色っぽい身体で、体長は目測《もくそく》で５メートル。

レオンはライオンのような立派なたてがみを靡《なび》かせており、体長は目測で３メートル。

それぞれ弩級《どきゅう》とはいかないまでも、現実では絶対お目に掛かることのない途轍《とてつ》もない巨体だ。あんなのに体当たりされたら、吹き飛ばされるどころではすまないだろう。

よし。やはりどうにかして可愛い妹達の戦意を削《そ》いで迂回を……って、む、無理だ。

彼女達はやる気満々で各々《おのおの》の武器を構えており、今にも飛び出しそうな勢いだった。

俺にできるのはオロオロすることだけなんだろうか？　せめて魔物を倒しやすくするぐらい、してやれないものか。

「……あ、これはどうだろう？」

「シュシュ？」（・w・？）

俺は良いことを思いつき、ウィンドウを開いてアイテム欄《らん》の項目を押す。

俺の呟きに反応したリグに軽く笑って応じ、アイテム欄から【グレイヴ】と茶色い文字で書かれた魔法陣の羊皮紙《ようひし》を２枚取り出す。

他にも、風の攻撃魔法と合わせて6枚あるのは秘密。って、そんな大それたことじゃないけどね。

ええと……左右の手に1枚ずつ持って、右手の【グレイヴ】をスコーピオンに、左手の【グレイヴ】をレオンに向ける。

魔物のお腹あたりで魔法の効果が出現するようにお祈《いの》りすれば、あとは簡単。そっとMPを魔法陣に流し込むだけ。

俺がやる気になった途端、魔法陣が発光して持っていた羊皮紙が消え去った。

そして目論《もくろ》み通り、魔物の腹部近くの地面に魔法陣が現れ、土の槍が突き出す。

その結果……かんっと、とっても軽い音が響いた。

スコーピオンにはまったく効果がない。レオンにはかすりさえもしなかった。なぜだ。

魔物達は一瞬動きを止め、周囲を警戒する素振《そぶ》りを見せたが、すぐに戦闘を再開した。

やる気満々だった妹達が驚いた表情で、ゆっくり俺を振り返る。

俺はゲームを開始してから初めて攻撃をしたわけで、たとえ失敗したとしても、やることに意味があったと思おう。

「……て、てへ」

こちらを凝視《ぎょうし》する妹達に、俺は必殺技の一言を繰《く》り出す。

できるだけ無表情でやりたかったんだけど、恥《は》ずかしくて頬《ほほ》が熱くなった。どうしてこんなことをやったのかは、自分でもさっぱり分からない。

リグとメイは首を傾げるのみだが、妹達は口を押さえてブルブル震え、お互いの肩をバシバシ叩いていた。そんなにお兄ちゃん、気持ち悪かったか。反省するから許しておくれ。

そんなカオスな雰囲気《ふんいき》を一変させたのはスコーピオンの雄叫《おたけ》びだった。すぐさま妹達が振り返り、俺も視線を向ける。

レオンの鋭い爪が、スコーピオンの比較的柔らかな関節部分を引き裂《さ》き、腕のひとつを吹き飛ばしていた。血は出ておらず、断面《だんめん》が黒くなっている。

落とされたスコーピオンの腕はアイテムとなったようで、規定《きてい》の秒数が経つと消えた。再度くっ付けたりはできないのか。

「よ、よぉし、そろそろ倒し頃になってるはずだから、いっちょ頑張りますか！」

「そ、そうですわね。わたしの拳《こぶし》が唸《うな》りますわ！　ええ、いろいろと！」

「……着眼点《ちゃくがんてん》は良かった、ツグ兄」

見るからにボロボロになった２匹の魔物を前に、ヒバリは小さく咳払《せきばら》いをし、剣と盾を

構え直し仕切り直す。同じく、ヒバリの言葉に頷いて拳を握り直すミィ。

そんな2人を横目に、俺の肩にポンッと手を乗せて慰めてくれるヒタキに、俺は涙を禁じ得ない。いや、泣かないから大丈夫だけど。

ペット達を見ると、リグもやる気満々になっている。メイは黒金の大鉄槌を担《かつ》ぎ上げ、今にも走り出さん勢いだ。

ヒバリとメイがスコーピオンを相手にして、ミィがレオン。ヒタキは戦況を見ながら指示と助太刀《すけだち》をし、俺とリグは遠いところから、できたら糸を吐《は》いて阻害《そがい》。

まぁ、いつも通りの戦法だな。


「いっ、戦《いくさ》じゃーっ！」


気の抜けるヒバリの掛け声でこけそうになったが、俺はなけなしの運動神経で体勢を立て直し、小走りで魔物へ向かった。

レオンの動きは速すぎて、少し指示を間違えると、リグの糸をミィに掛けてしまう可能性がある。なので、何かするにしてもスコーピオン相手のほうが良いだろう。

味方に攻撃が当たってもなんともないんだが、気が散《ち》ってしまいそうだし。

ミィはどうしてあんなに速く動くレオンについて行けるのか……不思議だ。

俺とリグはゆっくりスコーピオンの後ろに回り、尻尾が当たらない位置から攻撃する。

関節部分にリグの糸が絡《から》まると、どんどん動きが鈍《にぶ》くなっていき、思わず嬉《うれ》しくなった。

あとでリグ……とメイを撫で回しておこう。最近触《ふ》れ合いタイムが少ない気がしたからな、うん。

元々魔物のＨＰが少なかったこともあり、無事に２匹とも倒すことができた。

同じ場所に留《とど》まっているとワームが寄ってきそうなので、すぐに移動する。

ワームは獲物が砂の上を歩く振動で場所を知るらしい。

蜘蛛《くも》みたいだなと思い、一瞬リグを見たのは内緒だぞ。

R&M攻略掲示板

【ブラック☆】LATOLI【ロリコン】part4

（主）=ギルマス

（副）=サブマス

（同）=同盟ギルド

1:プルプルンゼンゼンマン（主）
↓見守る会から転載《てんさい》↓
【ここは元気っ子な見習い天使ちゃんと大人《おとな》しい見習い悪魔ちゃん、生産職で女顔のお兄さんを温かく見守るスレ。となります】
前スレ埋《う》まったから立ててみた。前スレは検索で。
やって良いこと『思いの丈《たけ》を叫ぶ・雑談・全力で愛《め》でる・陰《かげ》から見守る』
やって悪いこと『本人特定・過度《かど》に接触《せっしょく》・騒《さわ》ぐ・ハラスメント行為・タカリ』
紳士諸君《しんししょくん》、合言葉はハラスメント一発アウト、だ！
・
・
・

書き込む　全部　<前100　次100>　最新50

R&M攻略掲示板

579:黄泉《よみ》の申し子
>>571うんうん。俺もストーカーキモいとかめっちゃ言われた。でも見守りたいんだから仕方ないよね。

580:かるぴ酢《す》
>>571ロリコンに理由もへったくれも無いぞ。なのでなにか言われても、だから？　って胸を張るといい。

581:かなみん（副）
あ、ロリっ娘《こ》ちゃん達インしたよ。
>>571:うちらはやましいことしてるんじゃないし、そりゃ褒《ほ》められたことしてはいないけど、きちんと線引きしてるんだから表面だけ見てる人達に何言われても気にしない！　ね？

582:プルプルンゼンゼンマン（主）
ううむ、ちゃんとしたギルド活動もしてるんだがなぁ……。

583:わだつみ
まぁ、気にしないのが一番だと思われ。絶対うちらが上位ギルドと同盟組んだことを、妬《ねた》んでるだけのやつとかいるもん。

書き込む　全 部　<前100　次100>　最新50

R&M攻略掲示板

584:中井

>>575おれ、くうきのよまなすぎなおまえきらいじゃないよ。だとしてもいちおういうな、空気読め。

585:夢野かなで

みんな、ありがとう。弱音《よわね》吐いてごめん。今度からなに言われても気にしない！　だってロリコンだもん！

586:密林三昧《みつりんざんまい》

>>581報告乙。ロリっ娘ちゃん達、またダンジョンにこもるのかな？　中級はクリアするみたいだし、こもっちゃうんだよなぁ。

587:棒々鶏《バンバンジー》（副）

俺も中級ダンジョンくらいはクリアした方がいいかな。ＮＰＣ《ノンプレイヤーキャラクター》の信用度が段違《だんちが》いだって言うし。

588:コンパス

ロリっ娘ちゃん達、ダンジョンの前に食材買い込んで料理か……。お兄さんの手作り料理うらやま。

589:かなみん（副）

>>585気にしない気にしない！　私達は同志なんだから、悩《なや》み事と

か困り事とか一緒に悩んだり困ったりするよ！　１人は皆のために、皆は１人のためじゃーっ！

590:焼きそば

リアル魔法使いには、手作り料理は身に沁《し》みる。お兄さんに手渡されたら絶対惚《ほ》れる。今すぐ結婚しよう。

591:NINJA（副）

>>585悩んだ時こそ、人に話すといいでござる。もやもやを溜《た》め込むのは身体《からだ》に悪いでござるからな。

592:神鳴《かみな》り（同）

やべぇ、みんなめっちゃ優《やさ》しい。半分が優しさで出来た薬より優しい。涙ちょちょぎれるわ。

593:ナズナ

この恨《うら》みはギルドバトルが実装《じっそう》されたら晴らすぜ。ギルメンがコケにされて黙《だま》っていられるかー！

594:もけけぴろぴろ

>>590身に沁みるのは分かるけど、お兄さんはやらねぇよwww結婚するんだったら俺を倒してからだ！

R&M攻略掲示板

595:ヨモギ餅《もち》（同）
>>587それ、掲示板でよく議論されてるよな。ＮＰＣ１人１人にもＡＩ積《つ》んでるみたいだし、本当だろうからやっといて損《そん》はないって答えで落ち着いてるやつ。手伝うよ。

596:ちゅーりっぷ
>>584めんごめんごw

597:黒うさ
あれ？　ロリっ娘ちゃん達、作業場から出てってどこ行くんだろ？

598:餃子《ぎょうざ》
>>592変態は仲間意識が強いのだ。変態は他人でも自分のことだと思える心の優しい者達が集まるのだ。つまり変態は最強というわけだ。

599:甘党《あまとう》
ロリっ娘ちゃん達、道具屋にて水筒を10本くらい買ってる。保護者であるお兄さんがいなくて心配だが、お兄さん自身のほうがよりハラハラするので大丈夫だと思われます！

書き込む　全部　＜前100　次100＞　最新50

R&M攻略掲示板

600:ましゅ麿《まろ》

そろそろなんか実装するって噂《うわさ》があるよな。開発者のブログで皆の質問をのらりくらりかわしながらもなんかあるんだぞぉ、って匂《にお》わせてる。ああいう人は絶対くせ者。怖《こわ》ひ。

601:こずみっくZ

>>597道具屋。んで、足早に作業場へ帰っていった。多分お兄さんの料理的なお使いだと思われ。

602:氷結娘《ひょうけつむすめ》

>>599ぜんりょくでどうい！

・

・

・

653:sora豆

ホワイトアントと言えば、アクエリアの緊急討伐《きんきゅうとうばつ》！　あれで俺の懐《ふところ》はホットになったわけだ。緊急討伐依頼を出してくれた人には感謝感謝。

654:つだち

>>648お風呂《ふろ》落ち了解。乙～。

書き込む　全部　＜前100　次100＞　最新50

R&M攻略掲示板

655:棒々鶏（副）

ロリっ娘ちゃん達とお兄さんがいなきゃ、魔物の話をするか他愛《たわい》もない話をするかしかないよな。ちょっとネタ仕入れたいなぁ。

656:夢野かなで

>>648お疲れさまでした～。

657:コンパス

>>653あー、あれな。ホワイトアントとアードウルフ討伐じゃなくてハニービーのほうに行ったら、お兄さんと妹ちゃん達が料理手渡ししてくれたんだよな。
美味《うま》かったなぁ。料理、美味かったなぁ（強調）

658:さろんぱ巣《す》

>>648乙でし。また明日。

659:魔法少女♂

武器作ったり防具作ったり、レベル上げたりスキル上げたり。意外に忙《いそが》しいんだぞ☆☆★

660:iyokan

ロリっ娘ちゃん達はどこまで進んでるんだろうな。21とか、22階

書き込む　全部　＜前100　次100＞　最新50

R&M攻略掲示板

くらいか？　23階かもしれん。全部いえば当たるから言うだけw

661:白桃《はくとう》

>>657うぎぎぎぎぎ。討伐しまくった俺への当てつけかおのれぇ！

662:魔法少女♂

>>659あれ？　安価できてない。

>>655あてだよー☆

663:空から餡子《あんこ》

>>657ハンカチ噛むぞ！　思い切り噛《か》むぞ！　ギリギリギリギリ。

664:かなみん（副）

>>660ヲイwwwwww

665:焼きそば

22階層目はマジで蒸《む》し暑くて最悪だったな。ずっとリアリティ設定付けてたけど、この階では切った。ゲームだけど脱水症状になるかと思ったからなぁ。不覚じゃい。

666:フラジール（同）

わーい、666げっと！

書き込む　全部　<前100　次100>　最新50

R&M攻略掲示板

そのうち悪魔とか召喚《しょうかん》できるに違いないｗ

667:ナズナ

22階はオーク出て来るよな。稀《まれ》にムキムキの。あれ、シングルモードだけの魔物だってさ。動きが素早いだけで普通のオークと変わらないらしい。運営のお遊び？

668:黒うさ

ホワイトアントの大群《たいぐん》に襲われて、ちょっとトラウマった。想像してみろよ。うぎゃああぁあぁぁ。

669:かるぴ酢

仲間と仲良くワームに呑《の》み込まれた俺の話はやめてくださいｗｗｗ

一瞬で全部のＨＰ吹っ飛んだよ。

670:kanan（同）

>>655あんたがネタとか言うとなんか怖いんだけどｗｗｗ

671:ヨモギ餅（同）

また他ギルドの人達とダンジョンでレベリングしないかー？　お誘い来てるぞー。

書き込む　全部　＜前100　次100＞　最新50

R&M攻略掲示板

672:わだつみ

筋肉オークに対抗してポージングしたは良いが、貧相《ひんそう》すぎて可哀想《かわいそう》な子を見る目で見られた俺が通るぜ！　なっ、泣いてなんかないやい！

673:神鳴り（同）

>>665あー、俺も切った。あれは絶対無理。耐えられん。他のことに気を取られると魔物に不意打ちされやすいし、我慢《がまん》しない方が吉。

674:かなみん（副）

>>666おめｗｗ　早く召喚できるようになるといいね、悪魔ｗｗｗ　ってか自分の掲示板に帰りなさいwww

675:NINJA（副）

なんだか、トラウマ大会になってきたでござるな。まぁそれだけ一《ひと》筋縄《すじなわ》でいかない魔物が増えた、ということでござるからして……。某《それがし》達も強くならないと駄目《だめ》でござるよ。

676:プルプルンゼンゼンマン（主）

>>669俺、無駄にＨＰ高いからしばらく死ななくて、むっちゃ暇《ひま》でいい加減飽《あ》きたからワームの腹掻《か》っ捌《さば》いて脱出した。

書き込む　全部　<前100　次100>　最新50

R&M攻略掲示板

677:中井
>>668うぎゃあああぁあぁぁああ！

678:かなみん（副）
>>671やるやるー！　詳細メッセで送ってきて～。んで、やりたい人は私にチャット飛ばしてね☆

679:芋煮会会長（同）
……あ、なんかお兄さんが可愛いことしたような気がする！　あたいのお兄さんレーダーが反応した！

680:餃子
>>675不本意ながら同意。弱いだけじゃロリっ娘ちゃん達を守れないんもんな。ダンジョン潜《もぐ》ってる今は、俺らのレベリングに最適だ。よし！　レベル上げ頑張るぞ！

681:焼きそば
>>673おう。もう我慢しない。

682:もけけぴろぴろ
>>678はーい。皆もできたら参加した方が良いよ！　他ギルドのお友達が出来るからね。良いか？　お友達、が出来る、お友達、お友

R&M攻略掲示板

達だぞ！

683:白桃

>>676怖いよギルマス！　それできんのギルマスだけだよ！　ｗ

684:神鳴り（同）

>>679なんぞそれｗｗｗ

685:つだち

>>672生きろ。脳筋《のうきん》になるでないと神は言っているのだ。多分な。

686:NINJA（副）

>>679合ってたらどうしようｗｗｗ　合ってそうで怖いでござるｗ
ｗ

書き込む　全部　＜前100　次100＞　最新50

という感じで、掲示板は続いていく。

◆　◆　◆

砂漠を歩いていると、遠くで巨大な何かがウネウネしており、その足元でちょこまかと動く影（プレイヤーか？）が見えた。俺達では対処《たいしょ》できないため、知らぬ存ぜぬを決め込んでおく。

何度かオアシスに寄って食事休憩を挟みつつ、単独だったり魔物同士で争っていたりする個体を倒して、階段を探すこと数時間。ようやく階段が見つかった。

砂漠の真ん中にデンッと階段があったので、壁伝いに探しても無駄だっただろう。先人《せんじん》の残してくれたマップ通りに行けば良い階もあるが、ランダムに階段が発生する階もある。それはそれ、これはこれと割り切って楽しむよ。主に妹達が。

ボヤきながら、俺達は長い長い階段を上る。

「相変《あいか》わらず長いな……」

「仕方ないよ、そういう造《つく》りだもん」

「ん、文句なら運営に言う」

「これも一種の精神攻撃かもしれませんわね。運営許《ゆる》すまじ、ですわ」

「……疲れないだけマシ、だな」

「ん、がんば」

気が滅入《めい》りそうになりながら、1時間近く上っていたんじゃないだろうか？　ヒタキに「次は石畳のダンジョンだから」と慰められつつ上りきると、上階にはその通りの光景が広がっていた。


【迷宮24階層目】


久し振りにヒバリの光魔法【ライト】であたりを照《て》らしてもらい、ゆったりと歩く俺達。

この階の魔物について、ミィとヒタキが話していた。

「ここは確か、ボックスライムというスライムの進化した魔物が出ますわ。通称は『箱《はこ》』で、剣撃と打撃に大きな耐性を持っておりますの。ですが、魔法が致命的《ちめいてき》な弱点です。ヒバリちゃんとヒタキちゃんがいますので、後《おく》れを取ることはありませんわ」

「ん、任《まか》せて。ボックスライムは四角形で、大きさはツグ兄の素敵《すてき》な腰までくらい、だったと思う。攻撃は巨体を生《い》かした体当たりと、触手《しょくしゅ》の鞭《むち》。気を付けて」

「ええ、分かりました」

最近は一筋縄《ひとすじなわ》じゃいかない魔物が多くなってきた気がするが、妹達はとても楽しそうなので、俺も嬉しい。またも狭くて振り回せないため、黒金の大鉄槌をしょんぼり胸のモフモフにしまったメイの手を握る。

「なぁメイ、ダンジョンから出たら、小さいハンマーとか買うか？」

あまり数は多くないけど、これまで倒した魔物をギルドに報告すればそれなりの値段になるはず。

ちなみに魔物を倒す報酬《ほうしゅう》は、１階層上がる度に10Ｍ《ミュ》ずつ高くなる。最低額は１階の50Ｍなので、今ならもれなく、魔物を１匹倒すごとに２８０Ｍ。結構良い値段だ。

まぁこの階ではまだ魔物と戦っていないけど。

そんなことを考えていると、メイはブンブンと首を左右に振って、ギューッと俺の手を握り、キリッとした顔文字を浮かべた。

(`・ェ・´)
「めぇめ、めっ！」
「……大丈夫なら良いんだけど」
(*´ェ`)b
「めぇ、めぇめぇめ！」

推測《すいそく》するに、俺と手をつなげるから不満じゃないよ、ってことで良いのかな？　金が無いんだから無理すんなよ、じゃないことを心の底から祈ろう。

「あ、右に曲《ま》がったら1匹いる」

10分ほど歩くと、ヒタキが足を止めて曲がり角に目を向けた。

その瞬間、賑《にぎ》やかだった俺達は口を閉ざす。耳を澄《す》ますと時折、ペチッペチッと粘着質《ねんちゃくしつ》な音が聞こえ、しかもだんだん近付いている気が。

お兄さんレーダーは性能が良くないから、あくまで気がするだけ。でもこの音がボックスライムに間違いない、と妹達は戦闘態勢を取った。

数十秒身構えていると、いよいよ粘着質な音の主が現れる。

縦横《たてよこ》高さが1メートルくらいの四角形で、色は松明に照らされてオレンジ色に輝いているから……多分無色《むしょく》透明。

今までのスライムとなにが違うと言えば、形や大きさもそうだが、俺の拳と同じくらいじゃないかと思える大きな核《かく》を持っていた。

スライムは核が弱点だ、とヒタキが言っていたのに、その弱点が大きいということは、それだけ戦闘力が高いのだろう。

俺がボックスライムを真剣に観察していたら、妹達は戦闘に突入していく。

ミィが率先《そっせん》して飛び出し、ヒバリとヒタキはその場に留まり魔法の準備。

ミィはボックスライムが伸ばす無数の触手《しょくしゅ》を余裕《よゆう》でかわし、殴《なぐ》りつけた。しかしやはり打撃は効かないらしく、すぐに新しい触手がミィへ伸ばされる。

「よぉし、【ウォーター】！」

「ん、【ファイア】」

ボックスライムとミィの攻防をハラハラしながら見つめていると、ヒバリの元気な声と、ヒタキの冷静な声が聞こえた。

見ればヒバリは天を指差し、ヒタキはボックスライムを指差している。

スキル名を言う、もしくはショートカットに設定して念じるだけでスキルは使えるはずなのに、わざわざポーズを取る2人。思い切り楽しんでいる感じで微笑ましいな。

魔法を食《く》らったボックススライムは光の粒となり、跡形《あとかた》もなく消え去った。

ボックススライム相手に戦う際は、ミィが回避盾《かいひたて》の役割で魔物の攻撃を避け、魔法を使えるヒバリとヒタキがダメージを与える。これが基本になりそうだ。

俺も早くレベルを上げて二次職になって、無属性とやらの魔法を覚えたいなぁ。まぁお楽しみは後に取っておく、と考えることにするか。

アイテムドロップは、スライム系なら当たり前のスライムスターチ、スライムの核(特大)、スライムゼリーで、レアアイテムの魔法石は出なかった。出るのは稀《まれ》みたいだからな、残念。

「よぉし、ガンガン進むぞぉ!」

ヒバリの元気な掛け声を聞きながら、俺達はゆっくり歩く。

そのうちに面白いことに気付いた。通路が狭いため、1匹ならまだしも、ボックススライムが多数出現した時にはさすがに身動きが取りづらくなっている。ぎゅうぎゅう詰めで、少し面白いな。

ボックススライムは所詮《しょせん》大きいだけのスライムだったので、戦闘にはすぐに慣れた。

加えて24階は複雑な構造ではなかったので、簡単に攻略できた。

今回の階段は短めで、数分程度で次の階層にたどり着く。


【迷宮25階層目】


25階は見渡す限りの大草原だった。

周囲を走り回っているのは鶏《にわとり》に似た魔物……と言うより、大きさが2倍になった鶏。

この魔物は、水の街アクエリアに行く途中で立ち寄った、名も無き村で見かけたコッコだな。

あの時はのんびり地面を突《つつ》いていたのに、今はずっと忙《せわ》しなく行き来している。その理由が分からず、思わず俺は首を捻った。

「コッコはノンアクティブだから通り抜けて良い。ええと、コッコの餌《えさ》にサンドワーム、コッコを餌にするシルバーウルフ。あとその辺の草地から、稀にマンドレイクっていう魔物が出るらしい……いつも通り、出会ったら倒す」

「説明が面倒《めんどう》になったんだね、ひぃちゃん」

「ん、ちょっと」


説明がだんだん適当になってきたなと思っていたら、ヒバリの言葉に小さく頷くヒタキ。

動き回るコッコを蹴飛《けと》ばさないよう気を付けながら、俺達は大草原エリアを進んで行く。

ひとつ気付いたのは、コッコは意外とレベルが高いんだな。ノンアクティブで良かった。

元気なコッコと、コッコに突かれ食べられるサンドワーム以外を見ることもなく、俺達は階段を見つけることができた。

詳《くわ》しく聞くと、シルバーウルフはコッコを狩《か》れば満足するので、無闇《むやみ》に冒険者に戦いを仕掛けないし、マンドレイクは草をひたすら抜かなければ滅多《めった》に出て来ないそうだ。


【迷宮26階層目】


この階を入れてあと5階、中級ダンジョンも終わりが見えて来たな。このままのペースで行けば、最終日ギリギリでダンジョンをクリアできそうだ。

階段を上りきると、その寒さに俺は思わず身震《みぶる》いした。

　何度も言っているが、俺達はゲーム内の環境変化をほとんど受けないような設定にしている。それなのに寒いのだから、どれだけ低い気温なのだろうか。

　26階層目は天井から床《ゆか》まで透《す》き通った氷で出来ているらしく、寒々《さむざむ》とした冷気で満ちていた。それ以外は下の階層でも良く見られた、石造りのダンジョンと変わらない。

　床も氷で出来ているから転ばないように気を付けなくては。特に戦っている時に転んだら、致命的な攻撃をもらってしまうかもしれないからな。


(>w<;)

「シューッ！」

「さむぅーいぃーっ！　事前に分かってても、寒いのは耐えられないよぉ～」

　リグとヒバリが同時に叫び声を上げた。リグはこの寒さでもけろっとしているメイに飛び付き、モフモフの中に埋《う》もれる。

　ヒバリは両隣にいたヒタキとミィの腕に抱き付き身を震わせていたが、ヒタキがするっとヒバリの腕から抜け出してしまう。

　後ろからでも、はっきりヒバリが肩を落とすのが分かった。

「ひっ、ひぃちゃん……」

「ヒバリちゃん、不本意。【罠探知】したらここ、罠がいっぱいある。だからここと か【罠解除】する」

情けない声を出したヒバリをチラッと見て、ヒタキは理由を説明した。別にくっつかれるのが嫌だったわけではないようだ。

部屋の入り口から5歩くらいの、罠があると思《おぼ》しき場所にしゃがみ込み、ヒタキはゴソゴソしている。

ええと確か、罠にはいろいろな種類があって、典型的な例は落とし穴だよな。あとは毒矢が飛んできたり。珍《めずら》しいのだと、ランダムでどこかにワープさせてしまう罠もあるとか。石の中に入るのは怖すぎる、ってヒバリ達が言ってたっけ。

気を付けてゆっくりヒタキに歩み寄り、後ろから声を掛ける。まぁ良く考えれば、ヒタキより先に行くのが危ないだけで、後ろからついて行くのは安全なんだけど。

「ヒタキ、今回の罠ってどんなのだ？　解除できそうか？」

「ん、大丈夫。今回の罠は踏《ふ》むと麻痺《まひ》針《ばり》が飛んでくる。解除する時はウィンドウを開いて、出て来る3つの数字を3回間違えずに打ち込めれば成功。難易度《なんいど》初歩の罠だから簡単」

ヒタキの手元を覗《のぞ》きながら説明を受けた俺は頷く。フラッシュ暗算《あんざん》のゆっくりバージョンってところか。説明が雑《ざつ》だけど、それが分かりやすい。多分。

まだ罠はあるみたいだし、ささっと罠を解除し終えたヒタキは、立ち上がってドヤ顔《がお》を見せた。まだまだ罠はあるみたいだし、ヒタキには是非《ぜひ》とも頑張ってもらいたい。

パチパチパチ……と拍手《はくしゅ》をすると、ヒタキは満足したのか薄く笑って歩き出すので、俺達もそのあとを追った。

「罠がいっぱいあるけど、掲示板のマップ情報が正しいなら一方通行」

「へ、へっくち！　あー……すっきり。そう言えばここ、罠を踏まなきゃ敵は出て来ないみたいだよ」

歩きながらヒタキはあっちを見たり、こっちを見たりと忙しい。まぁ一方通行なら前だけ見てれば良さそうだし、少しは楽できるかな？

メイの温かい手を握りながらそんなことを思っていると、唐突《とうとつ》なヒバリのクシャミに驚いてしまう。リグも驚いたようで、メイのモフモフ毛皮の中からビックリしたような顔文字を出した。

落ち着こうリグ、ついでに落ち着け俺。

「ええ、確かそうですわね。その代わり罠を踏んでしまったら悲惨《ひさん》らしいですわ。広い場所にワープで飛ばされ、おびただしい数の魔物が召喚されるとか……すべてを倒すか倒されるまで、戦いは終わらないみたいです。わたし的には、どんと来いですけれど」


そんなミィの言葉に、俺は戦々恐々《せんせんきょうきょう》とする。

妹達ならどうにかなるだろうが、俺1人で飛ばされたら死に戻り確実だ。絶対にヒタキの前を歩かないよう、心に刻んでおかないと。

いや、フリじゃないからやらないからな？　これはリグやメイにも言い聞かせないと。


「こっちは毒針で、こっちは爆発《ばくはつ》。あっちはPT分断の罠……これは絶対に解除しなきゃいけない」


ヒタキ大活躍。タイピングでの罠解除に、リズムゲームみたいな罠解除。解除方法のバリエーションは豊富みたいだな。

もちろん罠だけの階層だからここまで多いのであって、罠の無い階層もあると。

しかし、罠を解除する人は気が張って大変だな。ダンジョンをクリアしたらヒタキを労《ねぎ》らおう。

ヒタキが罠を解除するのを見守りながら、俺は強く思った。

ヒタキが立ち上がって歩き出すと、俺達もそれに続く。

一方通行だから迷子《まいご》になる可能性は無い、と楽観《らっかん》していた俺は、不意に壁に頭をぶつけてしまった。壁が透き通っているから気付かなかった……。

だ、大丈夫！　一番後ろだから、隣のメイ以外には気付かれてない。

「今のは内緒な、メイ」

「めっ！」

(｀・エ・´)ゞ
「うん、ありがとう」

こちらを心配そうに見上げるメイに、俺は口に人差し指を当てて微笑んだ。するとメイはキリッとした顔文字を出し、何度もコクコク頷く。

素直な良い子だな。騙《だま》されないように気を付けないと、だけど。

そんなこんなで、ヒタキのおかげで罠に掛かることもなく次の階層への階段を見つけた。

余談だが、階段を見つけてはしゃいだヒバリも、透明の通路に突進して額をぶつけたぞ……兄妹は似るんだな。

【迷宮27階層目】


透き通った氷で出来た階段をおっかなびっくり上がり、ダンジョンの27階層目。

あれ、ここも氷？　周囲がキラキラ反射して……いや、氷じゃないな。

ヒタキから罠は無いとお墨付《すみつ》きをもらってから壁を触ると、かすかにひんやりしておりツルツルした感触。もしかして水晶か？


「この壁、っていうかこの階全部だけど、水晶で出来てる？」

「ええ、そうですわ。攻略掲示板を見直したのですが、下の階は氷で、ここは水晶みたいです。見た目は似ていますが、関連性はまったくもって無いようですわ」


俺の呟きに反応したのは、狼の耳をぴんっと立てたミィ。わざわざ調べ直してくれたのか。

なるほど……薄々《うすうす》感じてはいたが、ダンジョンに規則性は無いんだな。

歩きながら1人納得していると、大きな広間のような場所に出た。

「ええと、ここの敵は水晶の壁を破壊《はかい》しないと出て来ないよ。だから、えっとぉ……」
「いろいろ話すことがあるし、いったん休憩したほうが良いかも。今更《いまさら》だけど、ゲージが真《ま》っ赤《か》っか。ヤバヤバ」
「あ、本当だっ！」

あたりをキョロキョロ見回しながら思い出そうとしているヒバリに、自分のウィンドウを見せながらヒタキが提案した。

そう言えば、ダンジョンを進むことに夢中になってほとんど食事をしていなかった。俺達はあまりポーションを飲んだりしないから、満腹度が余計減っているのかもな。

魔物の心配は要《い》らないみたいなので、部屋の真ん中に陣取《じんど》って食事開始。食事と聞いて元気いっぱいになったリグと、今の今までリグを背負《せお》っていたメイに料理を取り分け、俺も食べ始める。その間、予習復習したヒタキやミィから、様々なことを教えてもらうことに。

「ほへふぇ、らんひょんほかふぇへふぉふぉふぁんらふぇほ。わふぁっふぁ」
「なぁヒバリ。俺は昔から、口に食べ物が入っている時はしゃべっちゃダメって言ってるだろ？」

「んぐっ、ん〜、んんっ!」

「……ヒバリちゃん」

説明してくれるのは良いんだけど、ヒバリはこれでもか、というぐらい口に食べ物を詰めたまましゃべろうとしていた。

パンパンに膨《ふく》らんだ頬を見て俺は呆《あき》れつつ、ティーカップにハーブティーを注《そそ》いで彼女に渡す。

受け取ったヒバリは呑み込もうとして喉《のど》が詰まり、ハーブティーを飲んだり胸を叩いたりと忙しい。

背中を甲斐甲斐《かいがい》しくさするヒタキにヒバリの世話を任せ、優雅《ゆうが》な食後のティータイムと洒落込《しゃれこ》んでいるミィに視線を向けた。

上品にソーサーを持ちカップに口をつけるミィは、本物のお嬢様《じょうさま》にしか見えない。

女子力が上がる習い事でもしているんだろうか? うーん、謎《なぞ》だ。

「ふふ。お話はダンジョンの壁破壊について、でしたよね。掲示板で見た情報ですが、一応検証《けんしょう》は済んでおりますので確かですわ」

ミィはふわりと微笑み、快《こころよ》く説明役を買って出てくれた。

ちなみにヒバリはまだ喉に食べ物が詰まっているらしく、とても苦しそうだけど……これにゲームのリアリティ設定は関係ないのだろうか？

俺からはっきり分かるのは、ヒバリのＨＰゲージがジリジリ減っていること。これはいわゆる窒息《ちっそく》ダメージってやつだな。

現実と同じで、時間が経てば経つほどダメージが大きくなり、当たり前だけど放っておくと死んでしまう。鼻や口を塞《ふさ》がれたり、水中で起こり得るダメージ判定だ。

と、話を戻してダンジョンの壁破壊について簡単にまとめると、こんな感じ。

壁にもＨＰが設定されていて、ＨＰや防御力はかなり高く設定されているよ。

もし壁を壊《こわ》せたとして、そこに隠し通路があったら、その先には便利なアイテムとかがあるよ。

その階では到底もらえそうに無い良いアイテムだよ。

なにも無い壁を壊した場合は、規定の秒数が経ったらすぐに再生するよ……とのこと。

規定の秒数とは、放置されたアイテムが消失する場合と同じく10秒らしい。

んで、隠し通路の出現は完全にランダムだから、いったん消えたら、また探すことから始めなきゃダメ、と。

「なるほどな。だから1階で、メイがダンジョンの壁を壊せたのか。確認してなかったけど、あのあと壁はすぐに直ったのかな。多分」

「ええ、そうですわね」

「じゃあ、この階の魔物が壁を壊したら現れるってのは？」

「あぁ、それでしたら簡単ですわ。水晶の壁を壊すとその欠片《かけら》が集まり、クリスタルスタチューという魔物が出現しますの。魔法が効かず高い防御力を誇《ほこ》りますが、わたし達なら簡単に倒せると思います。どんなに壊しても、1度の破壊に1匹のクリスタルスタチューですもの。ふふ」

　確かに俺達は過剰《かじょう》攻撃力……ではなく、バランスのいいPTだからな。うん。

　苦笑した俺は楽しげなミィから視線を外し、ようやく食べ物を呑み込めたらしいヒバリを見る。良い笑顔でこちらにグッジョブポーズをするヒバリに、俺はまた苦笑。

　とりあえず食事が終わったので、食器類をインベントリに片付けていると、ミィがメイをちょいちょいと手招きした。どうやら内緒話をしているらしく、俺は手を動かしながらも不思議に思い首を捻る。

　やがて話が終わったのか立ち上がり、ミィ達は武器を装備して壁に向かった。

(｀・エ・´)b

「ツグ兄様、先ほどのことを実演しようと思いますの。さぁメイちゃん、やってくださいまし」

「めめっ！」

あ、やっぱりやるのか。クリスタルスタチューの話を聞いてから、そんな気はしてた。

胸のモフモフに手を突っ込んだメイは黒金の大鉄槌を取り出し、思い切り振り回せることが嬉しいのか、ノリノリで水晶の壁に叩きつける。

途端、部屋全体に響く轟音《ごうおん》。

大鉄槌を叩きつけた壁には大きな亀裂《きれつ》が走っているが、崩《くず》すところまではいかなかった。

1階では壊せたけれど、今は27階だから、その分壁の強度《きょうど》も高くなっているのだろう。

一撃で壊せなかったことに肩を落とすメイの近くで、散らばった小さな破片《はへん》がカタカタと動いている。魔物になるのか修復《しゅうふく》されるのかは分からないが、そんなことはお構いなしだと言わんばかりに、ミィが亀裂の走る壁に拳を叩きつけた。

途端に部屋全体に響く轟音、リターンズ。今度こそ水晶の壁は崩れ去り、そこにはポッカリと、とても大きな穴が空《あ》いた。

「ふふ。1人ではできなくとも、2人ならできますのよメイちゃん。ですから落ち込まないでくださいまし」

「めっ、めめめ！」

残念ながらそこに隠し通路は無く、ジワジワと壁が直っていく。同時に、散らばった破片が動き出した。ひときわ大きく震えたかと思うと、勢いよくそれらが浮き上がる。

そしてロボットアニメの合体のようにガシャンガシャンと組み合わさり、あっという間に透明な石像っぽいものが出来上がった。

光源がどこにあるのかは分からないけど、身体が水晶なので、キラキラと輝いて綺麗《きれい》である。

「そう言えばクリスタルスタチューって、最初にプリズムレーザーって技を出さなかったっけ？」

「……あ、忘れてた」

俺の斜《なな》め前で武器を構えているヒバリが何やら不穏《ふおん》なことを言い出し、ヒタキが思い出したように応じる。

嫌な予感がしてクリスタルスタチューを見ると、だんだん光が集まり、虹色《にじいろ》に輝き始めた。

レーザーというからには直線的な攻撃なんだろうけど、いかんせん目の前にいるのは運動が得意ではない俺。

ますます輝きを増すクリスタルスタチューに、ゲーム世界では出るはずがないのに、冷や汗が流れているように感じた。

どっちに逃げれば良いんだ？　右か？　左なのか？

良く考えれば、一直線なんだからどっちに避けたって良いのに、混乱してしまう。

「マズい。さすがに……うおっ！」

ちょっとばかりお馬鹿な思考に陥《おちい》った俺を、渾身《こんしん》のタックルで助けてくれたのはヒタキだった。不意打ちだったので踏ん張れるはずも無く、２人して水晶の床に倒れ込んでしまう。

その瞬間、ギリギリ目の前を通過するプリズムレーザーに、俺は心底肝《きも》を冷やした。強《した》かに尻を打ってしまったが、これくらいなら痛みは無い。それより、生きているって素晴《すば》らしい。

「助かったよ。ありがとう、ヒタキ」

「ん、間に合ってよかった。私は役得《やくとく》だから気にしない。役得役得」

俺の腰あたりにキュッと抱きつくヒタキに感謝する。にしても、相変わらず面白いことを言うな。

ポフポフと何度か頭を撫で周囲を確認すると、リグは心配してくれたのか傍《そば》に来てくれていて、ヒバリとミィとメイが一生懸命《いっしょうけんめい》戦っているようだ。

クリスタルスタチューはもうヒビだらけで、今にも壊れそうだけど。

それからさほど経たないうちにクリスタルスタチューは倒され、次の階への階段も見つかった。

中級ダンジョンもあと3階だけになったな。

ここらで1度、皆のステータスを確認しておくか。

REAL&MAKE
リアル アンド メイク

【プレイヤー名】
ツグミ
【メイン職業／サブ】
錬金《れんきん》士Lv 39／テイマーLv 39
【HP】768
【MP】1527
【STR】138
【VIT】137
【DEX】232
【AGI】132
【INT】253
【WIS】234
【LUK】192
【スキル10／10】
錬金27／調合32／合成31／料理75／
テイム85／服飾《ふくしょく》34／戦わず33／
MPアップ45／VITアップ13／AGIアップ11
【控《ひか》えスキル】
シンクロ（テ）／視覚共有（テ）／魔力譲渡《じょうと》／
神の加護《かご》（1）／ステ上昇／固有技・賢者《けんじゃ》の指先
【装備】
革の鞭《むち》／フード付ゴシック調コート／
冒険者の服（上下）／テイマーブーツ／
女王の飾《かざ》り毛マフラー
【テイム2／2】
リグLv 60／メイLv 55
【クエスト達成数】
F24／E10／D1
【ダンジョン攻略】
★☆☆☆☆

REAL&MAKE
リアル アンド メイク

REAL&MAKE
リアル アンド メイク

【プレイヤー名】
ヒバリ
【メイン職業／サブ】
見習い天使Lv42／ファイターLv42
【HP】1834
【MP】1011
【STR】255
【VIT】341
【DEX】203
【AGI】204
【INT】223
【WIS】194
【LUK】228
【スキル10／10】
剣術82／盾術87／光魔法63／
HPアップ71／VITアップ78／挑発71／
STRアップ46／水魔法4／MPアップ20／
INTアップ17
【控えスキル】
カウンター／シンクロ／ステータス変換／
重量増加／神の加護（1）／ステ上昇／
固有技リトル・サンクチュアリ
【装備】
鉄の剣／バックラー／レースとフリルの着物ドレス／
アイアンシューズ／見習い天使の羽／
レースとフリルのリボン

REAL&MAKE
リアル アンド メイク

REAL&MAKE
リアル アンド メイク

【プレイヤー名】
ヒタキ
【メイン職業／サブ】
見習い悪魔Lv39／シーフLv37
【HP】993
【MP】984
【STR】188
【VIT】163
【DEX】316
【AGI】273
【INT】201
【WIS】193
【LUK】205
【スキル10／10】
短剣術67／気配《けはい》探知26／闇魔法53／
DEXアップ69／回避《かいひ》78／火魔法12／
MPアップ14／AGIアップ15／
罠探知43／罠解除29
【控えスキル】
身軽／鎧通し／シンクロ／神の加護（1）／
木登り上達／ステ上昇／
固有技リトル・バンケット／忍《しの》び歩き26／投擲《とうてき》39
【装備】
鉄の短剣／スローイングナイフ×3／
レースとフリルの着物ドレス／レザーシューズ／
見習い悪魔の羽／始まりの指輪／
レースとフリルのリボン

REAL&MAKE
リアル アンド メイク

REAL&MAKE
リアル アンド メイク

【プレイヤー名】
ミィ
【メイン職業／サブ】
グラップラーLv34／仔狼Lv34
【HP】1315
【MP】601
【STR】301
【VIT】179
【DEX】171
【AGI】221
【INT】131
【WIS】142
【LUK】192
【スキル10／10】
拳術66／受け流し49／ステップ57／
チャージ53／ラッシュ49／STRアップ48／
蹴術《しゅうじゅつ》37／HPアップ23／AGIアップ20／
WISアップ17
【控えスキル】
ステータス変換／咆哮《ほうこう》／身軽／神の加護（1）／
ステ上昇
【装備】
鉄の籠手《こて》／レースとフリルの着物ドレス／
アイアンシューズ／仔狼の耳・尻尾／
身かわしレースリボン

REAL&MAKE
リアル アンド メイク

【迷宮28階層目】

階段を上がった先は、これまたスタンダードな石造りのダンジョン……いや、ちょっと違うな。

床は苔生《こけむ》しており、壁には毒々しい色の蔦《つた》がはびこり、天井からは蛍光色《けいこうしょく》の花やキノコが生《は》えている。これは墓場とは違う意味で、精神的に来るかもしれない。

唯一良いところと言ったら、苔のおかげで足元がふかふかなことか？

「うへぇ、植物が鬱陶《うっとう》しいねぇ」

「火で焼き払ってもいいけど、毒の状態異常になるからやめとく」

げんなりした様子のヒバリが毒々しい蔦を突《つつ》きながら言うと、蛍光色のキノコを眺めるヒタキがポツリと呟いた。

やめなさい、と言う前にやめてくれたのでホッと一息。危ない橋は渡るもんじゃないと思うんだ、お兄ちゃん的に。

ええと、この階では特定の部屋に入らないと戦闘にならないらしい。木精ドリアードって魔物がいて、美しい青年や少年を捧《ささ》げると敵対せずにすむとのこと。おとぎ話みたいだな。攻略掲示板によると、ドリアードに「イケメン寄こせ」と言われたこともあるとか……。まぁそれは置いといて、蔦や花、キノコは、攻撃しなければそこらの装飾品《そうしょくひん》となんら変わらないらしい。ヒバリが突くだけでは攻撃と見なされなかったわけだ、ありがたい。真剣なる話し合いの結果、避けられる戦いは避けて次の階を目指すことに決定した。倒すのが面倒臭そうな魔物に、攻撃したら毒を撒《ま》き散らす植物。避けて当たり前だな。うん。

「きっと、ツグ兄様はドンピシャですもの。会わないが吉《きち》、ですわ」

「え?」

「ふふ、なんでもありません」

リグを抱《かか》え直していて、ミィの言葉を聞き逃してしまった。聞き返してもミィは笑うばかりで、誤魔化《ごまか》された感が否《いな》めない。

無理に聞き出したりはせず、ふかふかした苔を踏み締めて俺達は階段を探す。今のところは先人の血と涙の結晶《けっしょう》である、攻略掲示板の地図通りだ。

結果、そう時間をかけずに階段を見つけられた。地図を書き込んでくれる人達に、俺は心の中で礼を言った。

【迷宮29階層目】


約束したログアウトの時間が迫《せま》ってきたこともあり、足早に階段を上がって29階層目。

この階はダンジョンではなく、フィールドっぽいな。

大きな岩の点在《てんざい》する岩場があり、踝《くるぶし》から腿《もも》あたりの高さまで草が生《お》い茂《しげ》った草原。そこに、様々な色のモコモコに覆《おお》われた羊魔物がいた。


「……メイがいっぱいいるぞ」

「あ、この階の魔物は、草原に羊魔物、岩場に岩トカゲ。羊魔物は元々ノンアクティブだから、攻撃しなきゃ大丈夫。仲間意識強いから、メイがいれば私達も家族扱いしてくれるかも。岩トカゲは尻尾に岩があって、それで攻撃してくる。一番危ないのは爪攻撃、２％の確率で部分石化する。あと羊魔物が主食」

「……主食？　よし、岩トカゲは倒そう」

「ん、賛成《さんせい》。見かりたら倒す、絶対」

羊魔物の群れは俺達を気にする様子もない。

剣と盾を持った黒毛の羊魔物、弓矢を持った白毛の羊魔物、杖を持ちローブを羽織《はお》った茶毛の羊魔物、大剣を持った灰毛の羊魔物……。

こんなに可愛らしい容姿《ようし》なのにガッチリと装備を固めているのは、岩トカゲに食べられないよう、自衛《じえい》のためかな。

とりあえず俺達は、岩トカゲを見つけたら頑張って倒そうと思う。別に岩トカゲに恨《うら》みは無いが、どちらを選ぶかと言われたら、メイの仲間である羊魔物を選ぶ。

いきなり突拍子《とっぴょうし》もないことを言い出したにもかかわらず、妹達も頷いてくれた。

そしてどうやら30階層目に続く階段は、草原でなく岩場にあるらしい。

羊魔物の群れに別れを告《つ》げ、大きな岩が転がる一帯へ向かう。

「あ、ここ道になってるな」

大きな岩と岩の間を覗き込むと、人ひとりが通れるくらいの道になっていた。

ヒタキが言うには、曲がりくねってはいるが、ほとんど一本道なのですぐ階段は見つかるんじゃないだろうか、とのこと。

何度か分かれ道があるらしいけど、攻略掲示板の地図があるから当たり前だな。うん。

ヒバリを先頭にして、ヒタキ、俺、メイ、ミィの順に続く。

前から敵が来たらヒバリが盾に、と考えた並び順だと思う。横から魔物が来たらその時はその時、頑張って気合いで避けるよ。

岩トカゲの出現率は低いみたいだけど、【気配探知】をヒタキに使ってもらい、不意打ちを警戒しながら細い道を進んだ。

いくつかの分かれ道を経て、しばらく真《ま》っ直《す》ぐ歩いていると不意にヒタキが口を開く。

「あ、この先に分かれ道。右に行って少ししたら階段がある」

「了解！　それにしても階段かぁ～。次の階でいよいよ中級ダンジョンも終わ……」

「その前に、魔物が待ち伏《ぶ》せてる。岩トカゲで間違いない。１匹だけ。分かれ道のところは広くなってるから、存分に戦える。頑張って」

「へ？　う、うん！　頑張るよ～！」

ヒバリが感慨深《かんがいぶか》い声を出したものの、ヒタキに遮《さえぎ》られた。

そのやり取りを聞きながら、各々が武器を構えて結構な広さがある道の分岐点《ぶんきてん》へ。

俺はリグを両手で抱え、いつでも蜘蛛の糸を出してもらえるよう準備する。分岐点に着いたらすぐ後方に下がって、妹達の邪魔をせず、魔物の攻撃も食らわないように。

これで大丈夫だと思う。

いつものようにヒバリを前衛《ぜんえい》にした陣形《じんけい》で岩トカゲを待つと、すぐに姿を現した。待ち伏せする知能はあるのに我慢《がまん》はできないのか。

岩トカゲの名に相応《ふさわ》しく、トカゲがそのまま大きくなった姿で、暗い灰色《はいいろ》の身体は、体長およそ3メートル。尻尾の先には岩の塊《かたまり》があり、メイのように叩《たた》き潰《つぶ》すことに特化していると思われる。

もっさりした動きなので倒すのも楽だろうけど、最後の悪足掻《わるあが》きには注意しなくちゃな。

ヒバリはどうやら、大きな岩トカゲを前にして悩んでいるらしく、盾を構えながら随分《ずいぶん》と大きな独り言を漏らす。

「んー……岩トカゲ大きいから、受け止めきれるかなぁ～？」

「大丈夫、大丈夫。スキル【重量増加】を使えば100キロだし、ヒバリの防御力ならイケるって。頑張れ」

「ファッ⁉　たっ、たたたた、体重2倍にしてもそんなに無いよ！　が、頑張るけど！

めっちゃ頑張るけど！」

ヒバリの不安を取り払ってあげたいと思った俺が言うと、びっくりした様子で反論された。

10や15キロの違いなんて別に良いじゃ……って、心を読んだようにヒバリが睨んでくるので、俺は素直に謝《あやま》った。年頃の女の子だからな、うん。

ヒバリは岩トカゲの正面《しょうめん》に立ち、敵愾心《ヘイト》を稼《かせ》いですべての攻撃を受け止める。

ヒタキはヒバリのやや斜《なな》め後ろに立って、投げナイフと魔法を使う。周囲を見渡せる位置だし、良いと思うよ。

そしてミィとメイは、岩トカゲの両脇に陣取るいつもの陣形。

ＰＴバランスは良いから、問題なく勝てるはずだ。

２％という低確率で石化効果のある爪も、ヒバリはバックラーで簡単に防いでいる。

あぁ、危なそうな尻尾の岩は、メイに指示をして早めに壊してもらった。魔物のレベルも高くなってきたので、さすがに簡単に、とはいかなかったけど。

岩トカゲも、自慢の武器が効かないんじゃ焦《あせ》るのも仕方ない。尻尾を大きく振り回す。

ヒタキの指示で、ヒバリ以外がそれをささっと避けた。

「よっ、こいしょーっ！」


避けなかったヒバリは、尻尾にバックラーを当て、勢いを逃すようにしゃがんだかと思うと、尻尾の隙間《すきま》に入り込み、変な掛け声と共に剣を一振り。

部位破壊になったらしく、切り離された尻尾が俺の目の前にビタンッと落ちてきた。


「では、わたしが最後をもらいますわ！　はぁあぁぁあぁあっ！」


為《な》す術《すべ》もない岩トカゲに、ミィが全身全霊《ぜんしんぜんれい》の攻撃を叩き込んでいるところ悪いが、俺と俺が腕に抱いているリグは、ビタンビタン跳《は》ねている尻尾に目が釘付《くぎづ》けだった。

本体と切り離されてもなお元気に動くので、俺は思わず拍手をしそうになってリグを落としかけた。ごめん。

そんなことをやっていると、倒された岩トカゲが消えると同時に、尻尾も光の粒になって消えてしまった。

あとでヒタキに聞いたんだけど、狩人《かりゅうど》やレンジャーっていう職業なら、スキル【解体】とか【剥《は》ぎ取り】が使えるから、普通に倒すより余分にアイテムがもらえるらしい。

残念ながら、職業の違う俺達は覚えられないけどな。

それにしても、魔物が消えた瞬間、一緒になってアイテムが消えるのはどうなんだろう？

早めにやれ、ってことか？

さて、周りに他の岩トカゲがいないことを確認して、再び階段を目指す。

10分と経たないうちに30階層目への階段を見つけ、1歩を踏み出した瞬間だった。

遠くで、羊魔物が大きな声で一斉に鳴いた。

視線を向けると、たくさんの羊魔物が草原に集結してこちらに手を振っている。お、驚いた。

(´>ェ<`)ゞ

「めっ、めめめ～！」

『『『めめっ、めめめめ！』』』


メイがいるから応援してくれているんだろう。

さっきはすごい無関心だったのに、応援してくれるのは嬉しいものだ。

メイと羊魔物の群れのやり取りにほっこりしつつ、俺達は階段を上がっていく。

次の階をクリアすれば中級ダンジョンは終わりだし、気合い入れて頑張ろう。

【迷宮30階層目】

待ちに待った30階層目。思い返せば、ログインしてからの1週間（ゲーム内時間）はほぼダンジョンに費《つい》やした。

ダンジョン漬《づ》けだったので少し日付の感覚が危ういけど、タイマーを掛けたので大丈夫。

あたりはいつものボス部屋と同じく、ただ広々とした部屋。

あぁいや、靴底《くつぞこ》が濡れる程度の水が張ってあり、磯《いそ》の香りで満ちていた。

俺達が階段から離れた瞬間、大きな音を響かせ、唯一の出入り口が閉ざされた。

しかし、ボス戦も3回目ともなれば慣れたもので、誰1人として気にした様子は無い。

「水、じゃない。……あ、海水？」

「そう。30階層目のボスは大型のカニで、名前はシーキャンサー。大きいだけのカニ。でも巨体だから潰されないように。泡《あわ》を噴《ふ》きかけてきたり、両手のハサミで攻撃してくる。泡に鈍足《どんそく》効果があるから要注意。打撃に弱くて斬撃《ざんげき》に強いけど、関節が防御力薄いから狙い目」

俺の疑問に答えたのはヒタキだ。

武器を取り出すと、水面が揺れ、気泡《きほう》が噴き出し始めた中央へ進む。中央に行くにつれ、水深《すいしん》が少しずつ深くなっているようだ。

「魔法は水属性を吸収し、雷属性が弱点ですわ。ですが下が濡れていますので、迂闊《うかつ》に使うとこちらもダメージをもらってしまいます。まぁ、わたし達の中に使える人はおりませんので杞憂《きゆう》ですけれど……」

「シーキャンサーは、50％の確率でカニカマをドロップして、20％の確率でカニ身をドロップして、５％の確率でカニミソをドロップするんだよ〜。おいしそうだねぇ、じゅるり」

ミィに続いて、ヒバリが面白いことを言った。

カニカマってさ、主にスケトウダラで出来た、カニ身に見せかけた代替品《だいたいひん》だよな？　カニ風味《ふうみ》のカマボコ、略《りゃく》してカニカマ。

いや、サラダに彩《いろど》りが出たりと使いようはあるけど、それで良いのか、カニの魔物。

そしてドロップ率の75％を食材アイテムが占《し》めてて良いのか、運営。

そうこうしていると、ヒタキの「来る」という言葉を合図《あいず》に、ヒバリとミィ、メイは素早く動き、気泡の見える水面を取り囲んだ。

陣形が整ったのと同じタイミングで気泡が激しく噴き出し、ひときわ大きく水面が揺れた瞬間、その巨体が水柱と共に姿を現す。

シーキャンサーの大きさは目測で5メートル。ふたつあるハサミは2メートルくらいのものと、半分くらいのもの。

薄く灰色がかったゴツゴツとした甲羅《こうら》が特徴的《とくちょうてき》で、真っ白なお腹の部分が目立った。

「ミィちゃんとメイはいつも通り、好きに攻撃して。ヒバリちゃんはカニの正面に立ってヘイト管理。できたら関節狙って攻撃お願い。私は皆の補助する。頑張って倒そう」

囮《おとり》にもなれそうにない俺と、糸も効きそうになく踏み潰されそうなリグは、離れた場所で待機。

戦闘で役に立たなくても俺には生産があるし、リグは我《わ》がPTのマスコットだからな。

両者の睨み合いを眺めている俺……だったんだけど、皆に指示を出していたヒタキが不意に俺の手を握った。

「……ヒタキ、この手は？」

(・w・?)

「シュ？」

リグも不思議そうに首を傾げていて可愛い。

「ツグ兄は私のMPタンク。【シャドウハウンド】をいっぱい出すから」

「あ、はい。分かりました」

ヒバリがスキル【挑発】を叫ぶのと同時に、カニの戦いが始まる。

その戦いから目を離さないようにしながら、ヒタキが淡々《たんたん》とした口調《くちょう》で言うので、俺は思わず丁寧《ていねい》に返してしまった。

MPポーションを使うほどでは無いけど、俺とヒタキのMPをすっからかんにするくらいの数は出したいんだそう。

ええと、確かヒタキのMPは984で、シャドウハウンドの消費MPは全体の3分の1だ。ちょうど3匹出せる。

俺のMPは1527だから4匹だとして、計7匹も出すのか。

見ていればすぐに分かることを、俺はなぜだか計算した。

ヒタキにMPを供給《きょうきゅう》し終わると、すでに7匹のシャドウハウンドが出現し、ヒタキの命令を待つようにこちらを見ていた。

ヒタキは俺に軽く感謝し、すぐシャドウハウンドに指示を出すと、7匹と共に走っていく。7匹とも、魔法は使えないけど自分のステータスと同じ能力なんだよな。

一方、大きなハサミで叩き潰そうとするカニの攻撃を、ほぼ木で出来たバックラーで防いでいるヒバリ。しかし俺が内心で褒《ほ》めた途端、悲痛《ひつう》な叫びが部屋中に響いた。

「うおぉぉヤバい、盾の耐久値ガリガリ減ってる！　これ以上長引いたらバックラー壊れる！　素手《すで》でやるのは無理！　多分！　できるけど！　嫌だっ！　やりたくないでござるぅぅうううぅっ！」

今の今まで酷使《こくし》してきたし、当たり前か。バックラーはがっつり敵の攻撃を受けるようには作られてなさそうだからな。

でも、シーキャンサーもフラフラしてきてるから、あと少しだよ。頑張れヒバリ。

(`・エ・´)

「めめっ、めぇ～っ！」

ヒバリにエールを送っていたら、メイが思い切り黒金の大鉄槌を振りかぶった。そして一撃でベコベコにへこんでいたシーキャンサーの脚を砕《くだ》くと、シーキャンサーの下に潜り

ー・エ・ー

込み、腹を打ち付けた。

唯一なだらかだったシーキャンサーの腹は大きくへこみ、悶絶《もんぜつ》するかのように脚を忙《せわ》しなく動かした後、光の粒となり消えていく。

どう見ても致命傷《ちめいしょう》だったな。

【30階ボス、シーキャンサー討伐成功！】

海に育《はぐく》まれし巨大なるカニ、シーキャンサーの討伐に成功しました。これでこの階にはいつでも出入りできるようになります。討伐報酬として、贈《おく》り物をさせていただきます。

【討伐報酬】

巨大ガニの甲羅《こうら》（半壊《はんかい》）、巨大ガニのハサミ（この報酬《ほうしゅう》はPTリーダーに贈られます）。

「食材は出なかったか……ん？　甲羅が、半壊？」

【巨大ガニの甲羅（半壊）】

海に育まれしシーキャンサーの甲羅。硬《かた》くて防具の素材として優秀《ゆうしゅう》。磯《いそ》の香りが少々難点《なんてん》。

なぜか甲羅はベコベコにへこんでおり、素材部分が少ない。

「あ、あの、あのですねツグ兄様。大変申し訳ないのですが、主にわたしとメイちゃんの攻撃でですね……」

「めめぇ」

（´；ェ；`）

俺がウィンドウを見て思わず呟くと、ミィとメイが申し訳なさそうに近寄ってきて、自己申告を始めた。

単純に感心していただけで、決して怒っていたわけではない。けれどそう見えてしまったのなら仕方ない。できるだけ優しい表情でミィとメイを労《いた》わることにしよう。俺の撫での洗礼《せんれい》を受けるといい。

その時、勝利に喜んでいたヒバリとヒタキが突進してきたんだけど、俺に受け止めるだけの力はなかった。踏ん張っていなかったからな。

ミィとメイを巻き込んで倒れてしまい、軽く水飛沫《みずしぶき》が上がる。双子はなんとも軽い謝罪《しゃざい》をしながら立ち上がり、俺達に手を差し伸べてきた。

嬉しいのは分かるが、巻き込まれるほうはたまったものじゃない。まぁミィやメイは気にした様子も無いし、元気なのは良いことだと軽くデコピンだけで許す。

それさえも嬉しそうに受ける2人に、俺は苦笑してしまった。

喜ぶ彼女達と話していた時、いきなりログアウト時間を知らせるアラームが鳴って、なにも知らない皆を驚かせてしまった。

かなり余裕を持って設定していたのでまだ焦《あせ》らなくていいが、今はこれ以上進まないし、俺は「帰還《きかん》」と口にする。

途端、部屋いっぱいの大きさに淡《あわ》く発光する魔法陣が現れ、瞬《まばた》きをする間もなくダンジョンの外へ運ばれる。

ヒバリにヒタキ、ミィとメイにリグと俺。誰も置いてきていないことを確認。

システム的にはそんなことありえないが、なんとなく。


「ん～、外だぁ～っ！」


外に出た瞬間、昼間の日差しの下、ヒバリが思い切り伸びをして外の空気を満喫《まんきつ》する。

確かにダンジョンは少し閉塞感《へいそくかん》があったから、ヒバリの気持ちも分かる。昼夜関係なくダンジョンにこもっていたので、日差しが目に染《し》みるように感じた。

しばらくダンジョン探索はいいかな。お腹いっぱいな気分だ、うん。

妹達も今回の探索で満足したみたいで、しばらくはやらないらしい。しばらくは。

とりあえずギルドに行ってクエストの報酬をもらい、魔物がドロップしたアイテムを売って、ヒバリの盾が壊れかけてるから直してもらって、宿屋に戻るか。ＨＰやＭＰが少なくなってるしな。

一番近いのはギルドなので、俺達はまずそこに、のんびりした足取りで向かった。

たどり着いたギルドは、お昼時のせいか空《す》いていた。ちなみにギルドが混むのは朝方と夕方が多いらしい。

受付に並ぶこともなく、諸々《もろもろ》を済ます。

ダンジョンの魔物を討伐する依頼は避けていたこともあって、報酬はちょっと少ないかな、ってくらい。それでも、今までで一番稼いだんじゃないだろうか？

さすがに巨大ガニの甲羅は半壊の分、減額《げんがく》されてしまったけど、これである程度の余裕が出来た。

ドロップしたアイテムの売買も、ウィンドウでやり取りすれば良いからすごく楽だった。

「わぁ、小金持ちになれたね！」

「そうだな。食材以外の物を全部売って、特に反魂香《はんごんこう》が高かった」

超低確率で死者をこの世に呼び戻すことができる反魂香は、ひとつ15万Ｍもしたので、ふたつで30万Ｍだ。ちなみに巨大ガニの甲羅（半壊）は２万Ｍだから、どれだけ高いか分かると思う。

でも、またネクロマンサーを倒しに行くのは勘弁な。

「あとは……」

ギルドでの用事を済ませ、次は鍛冶屋《かじや》。

場所が分からないのでヒタキに案内してもらい、全員の武器と防具を直してもらう。

一応、俺の防具もムキムキなオークの攻撃を受けたから、修理してもらったよ。

そして、やっぱりヒバリの盾の損傷《そんしょう》が一番激しかった。そろそろ上位の武具に切り替えないと駄目《だめ》かもしれない。

この件は妹達に考えてもらうとして、まだログアウトまでの時間が残っていたので、HPとMPを回復させに宿屋へ。ゲーム内時間を6時間消費し、HP・MPを全回復。

6時間かかると言っても、ポーションを使うより安いから便利だよな。

宿屋から出ると外はもう暗く、かがり火や照明用の魔具が輝いていた。

真っ直ぐ噴水広場に向かい、妹達にやり残したことは無いか聞くと、ヒバリが元気に頷く。

「やることやったし、もう思い残すことは無いよ、ツグ兄ぃっ！」

「分かった。リグ、メイ、今日はお疲れさま。存分に休んでくれ」

ヽ(*・ω・*

「シュー」

(*￣ェ￣)ゞ

「めめっ、め」

フードの中に入っていたリグを取り出し、俺を見上げているメイと視線を合わせ、２匹の身体を労《いた》わるように撫でる。

毎度のことながら、俺の代わりによく働いてくれて頭が下がりっぱなしだ。ありがたい限り。

２匹が元気よく返事をしてくれたので、俺はウィンドウを開いてステータスの【休眠】を押す。魔法陣に吸い込まれる２匹を見届けると、次は俺達の番。

ステータス画面を閉じて【ログアウト】を押すと、すぐに意識は遠退《とおの》いていく。

最初は違和感《いわかん》しかなかったんだが、この感覚もさすがに慣れてきたな。

◆◆◆

目を開くと、そこはいつも通り我が家のリビング。まあいつも通りじゃなかったら、恐怖でしかないよな。

俺の反対側に座っていた妹達もちょうど起きるところで、ヘッドセットを取ると凝《こ》り固まった身体を解《ほぐ》していた。

「んん～、ダンジョン中級クリアお疲れさま。次はなにしよっか～？」

「ん、お疲れさま。なにするか、それはあとで考える。まずは美紗ちゃんをお家《うち》まで送らなきゃ」

「それは俺の仕事だな。もうこんな時間だし、用意ができたらすぐ行くぞ」

気が早い雲雀に対し、鶲が冷静に一言。

確かにいつもより少し前倒しで始めたと言っても、もう22時を過ぎている。たとえ1分かからず帰れるとしても、美紗ちゃんを家まで送らなければならない。

「ありがとうございます、つぐ兄様。次にご一緒できるのは、水曜日になると思います。本当は皆さんと毎日R＆Mをしたいのですが……いいえ、できるだけありがたいですわね。あ、準備なら事前にしておりましたので、これを片付ければ……終わりました」

心底残念そうな美紗ちゃんは、素早くヘッドセットを片付けた。

美紗ちゃんを送り返してから、簡単な家事を済ませその日は終了。

俺はほとんど専業主夫みたいな感じだし、次の日にやることを回しても構わないんだけどな。

R&M攻略掲示板

【ブラック☆】LATOLI【ロリコン】part4

（主）=ギルマス
（副）=サブマス
（同）=同盟ギルド

1:プルプルンゼンゼンマン（主）
↓見守る会から転載↓
【ここは元気っ子な見習い天使ちゃんと大人しい見習い悪魔ちゃん、生産職で女顔のお兄さんを温かく見守るスレ。となります】
前スレ埋まったから立ててみた。前スレは検索で。
やって良いこと『思いの丈を叫ぶ・雑談・全力で愛でる・陰から見守る』
やって悪いこと『本人特定・過度に接触・騒ぐ・ハラスメント行為・タカリ』
紳士諸君、合言葉はハラスメント一発アウト、だ！
・
・
・
715:ましゅ麿
>>703まぁガチャが出たからな。でも一個50万Mくらい必要だし、作れる人少ないし囲い込み激しいし、まだまだ行き渡らないと思う

書き込む　全部　<前100　次100>　最新50

R&M攻略掲示板

ぞ。空の魔石、無料で当てたやつ裏山。

716:ナズナ

>>711俺はログイン２時間だけー。嫁《よめ》さんが怒るから。ちょっと怖いんだよね、可愛いんだけど。

717:もけけぴろぴろ

確か、24階は四角いスライムが出てきたよな。あの通路で詰《つ》まるのが馬鹿可愛いと有名の。

718:ちゅーりっぷ

>>711わちきはギリギリまで。もしくは膀胱《ぼうこう》が耐えるまで。トイレ行っても耐えられないものは耐えられない。漏《も》らしてからでは遅い。

719:白桃

24、25階は簡単だって攻略にも書いてあったね。アクティブとか頭の良い魔物がいなきゃどこだって簡単なんだよ、多分。

720:かるぴ酢

ボックスライムに仲間諸共押し潰《つぶ》された俺の話はやめてくださいwww　さすがに即死ではなかったけどw

書き込む　全部　＜前100　次100＞　最新50

R&M攻略掲示板

721:魔法少女♂
>>715いぇい☆いぇい☆

722:わだつみ
>>717ボックスライムな。核《かく》があんな大きいのにお馬鹿なの可愛い。１匹ずつしか通れないのに２匹で通ろうとして詰まって馬鹿可愛い。

723:コンパス
>>716なんだ貴様、ただのリア充か。末長く金婚式《きんこんしき》まで爆発しろ。

724:甘党
ボックスライムも可愛いが、俺的には25階のマンドレイクがオススメ。トボけた顔がウケる。

725:神鳴り（同）
>>718ちょwwwまってwwwまってまってwwwぼwうwこwうw

726:kanan（同）
そういや、25階でサンドワーム倒しまくってたらたくさんのコッコに追いかけられたな。今思うと、餌《えさ》を倒されてムカついたんだと思われ。皆も気をつけた方が良いかも。

書き込む　全部　＜前100　次100＞　最新50

R&M攻略掲示板

727:フラジール（同）

できるだけリアリティ切りたくない俺的には、26階が鬼門《きもん》。あっこ寒すぎんの。ぶるぶる。

728:氷結娘

あー、可愛いロリっ娘ちゃん達に会いたいよぉ。ダンジョン攻略が順調みたいだから諸手《もろて》を挙《あ》げて喜ぶべきなんだろうけど、ロリっ娘ちゃん成分が足りないでござる。

729:棒々鶏（副）

>>720まwたw君wかwww　君にはドジっ子の称号を差し上げようw

730:密林三昧

26階は初見殺しの罠が多いこと。これぞダンジョン！　って感じがして楽しいけど、罠探知と罠解除のスキルがなかったら最悪だな。

731:かなみん（副）

>>724出現率の低いシルバーウルフを忘れないであげてw　毛並みがキラキラしてめっちゃ綺麗《きれい》なんだよ！

書き込む　全部　<前100　次100>　最新50

R&M攻略掲示板

732:sora豆

鬼門は27階だろＪＫ。楽しくて壁壊しすぎたorz　隠し通路は見つかったけど、気づいたら10体くらいのクリスタルスタチューに囲まれてて死にかけた。

733:こずみっくＺ

>>728激しく同意。

734:黄泉の申し子

>>728禿同《はげどう》。

735:餃子

>>728同じく。

736:かなみん（副）

あ、なんなお兄さんがドジっ子した気がする。心のＳＳが叫んでる！

・

・

・

764:プルプルンゼンゼンマン（主）

>>757中級はクリスタルスタチュー、魔法無効の高防御力。上級

書き込む　全 部　＜前100　次100＞　最新50

はダイヤモンドスタチュー、魔法反射の打撃耐性。特級はミスリルスタチュー、魔法吸収だが闇魔法が弱点。魔王級はオリハルコンスタチュー、魔法無効反射吸収の高物理耐性持ちというラスボス仕様。魔王級は変態しか行かないからどうでもいいけどな。HAHAHA。

765:焼きそば
28階は毒祭りだったことを思い出した。主に攻略を見て。

766:さろんぱ巣
隠し部屋はいいアイテムが入ってるんだけど、労力に見合うかと言えばそうでもないんだよな。だったらギルドで魔物討伐してクエ達成数とMを稼いだ方が割に合う。悩むなぁ。

767:空から餡子
>>761料理も裁縫《さいほう》もできるオカンに頼んだけど、ゲームなんて私にできるわけないじゃないって一蹴《いっしゅう》された。もったい無いよ、オカンリアル家事スキルがレベルマなのに。

768:黒うさ
28階は木精ドリアードの人外《じんがい》めいた美貌《びぼう》にドキドキし、29階はモコモコの羊魔物にときめく。これはまさに胸がファイナルフルバースト状態。

R&M攻略掲示板

769:かるぴ酢
そういえば、ドリアードってなんだっけか？　木精って言うくらいだし、木の精なのは分かるけど。

770:ヨモギ餅（同）
>>766同感。楽しくはあるけど効率は悪い。マルチならなおさら。

771:iyokan
>>765確かに毒祭りだ。ドリアードたんに出会えると言っても、彼女は魔物でかなりの面食い。お相手すらしてもらえないだろうしスルー推奨《すいしょう》階。

772:夢野かなで
>>767うちは足腰悪くなった婆ちゃんが一緒にやってくれてるから、手料理食える。めっちゃ美味いよ。本人、足腰気にしないで良いからハマっちゃって、鋤担《すきかつ》いだほっかむりの農家ルック婆ちゃんが魔物を倒してたらそれ多分うちの婆ちゃんだからｗ

773:kanan（同）
俺、マルチで一回だけ木精ドリアードの木に人が呑み込まれんの見たわ。ってことはそのプレイヤーはイケメンだったんだな、爆発しろ。なお、そいつは死に戻りした模様《もよう》。

書き込む　全部　＜前100　次100＞　最新50

R&M攻略掲示板

774:もけけぴろぴろ

>>769滅多《めった》なことじゃ姿は現さないけど、イケメンや美少年がいたら緑髪の美人になって誘惑して、相手を自分の木の中に引きずり込むらしい。んでイケメンを堪能《たんのう》しながらＨＰやＭＰを徐々に奪《うば》う、と。美人怖ひ。

――――数分間書き込みが止まり、再開――――

775:つだち

ふぇぇん、美人怖いよぉ。

776:餃子

ひぇぇん、イケメンざまぁみろぉ。

777:かなみん（副）

ふみぃぃ、ダンジョンいけなくなったらどぉするんですかぁ。ぷるぷる。

778:魔法少女♂

うにゅぅ、みなしゃんきもちわるぃでし。ってたわしぃおもぅんれすぅ、うにゅうにゅうにくいたいれふぅ。

書き込む　全部　<前100　次100>　最新50

R&M攻略掲示板

779:プルプルンゼンゼンマン（主）
本当、無駄に団結力あるなお前ら。
・
・
・

801:かるぴ酢
>>763もちろん岩トカゲの尻尾の下敷《したじ》きにもなったし、シーキャンサーにも轢《ひ》き殺されかけたぞちくしょう。

802:ちゅーりっぷ
中級は30階までだし、ロリっ娘ちゃん達そろそろ出てくるかなー。かわい子ちゃんパワー補給したい。

803:甘党
>>769それなら火属性魔法が有効だな。ただし火加減が難《むずか》しい。

804:フラジール（同）
ダンジョンでのレベル上げに参加しなかった身としては、暇じゃ。妾《わらわ》は大層な感じで暇なのじゃ。

805:神鳴り（同）
30階のボスと戦っても、カニミソとかカニ身が出て、酒場でカニ

書き込む　全部　<前100　次100>　最新50

R&M攻略掲示板

パーティした話しかないからなぁ。あんまり面白《おもしろ》おかしく生きてないもん。人間だもん。もん。

806:sora豆

書き込みが激減《げきげん》した。かなしす。

807:空から餡子

>>801君にはベストオブドジっ子で賞をあげよう。かるぴ酢さんとＰＴ組んだらめっちゃ楽しそうwww
今度良かったら組みませう。

808:中井

次はロリっ娘ちゃん達なにすんだろ？　迷宮《めいきゅう》の街って、なんかあったかなぁ。デカいダンジョンしか目に入らん。

809:コンパス

>>801ちょwドジっ子過ぎwww

810:ましゅ麿

>>805なにそれうらやま。

R&M攻略掲示板

811:密林三昧
>>777ラッキースリーセブンおめ。多分良いことあるよ。下をよく見てたらお金でも拾うんじゃね？

812:魔法少女♂
シーキャンサーに雷属性の魔法使ったら下の海水を伝って感電からの麻痺《まひ》、そしてハサミで叩き潰されたり巨体に轢き殺されたり。気をつけようね！　物理では打撃が効果的だぞ☆

813:フラジール（同）
>>808魔物の素材が豊富だったり、武器防具を揃《そろ》えるならいいかも。素材の山という名のダンジョンが目の前だし、あとは冒険者向けの店が多い？　永住するならここでもいいかも？

814:焼きそば
あ、ロリっ娘ちゃん達帰ってきた。

815:氷結娘
ログアウトしたな、ロリっ娘ちゃん達。無事を見届けて俺も落ち。

816:わだつみ
お兄さん、ロリっ娘ちゃん達乙。

書き込む　全部　<前100　次100>　最新50

ポツリポツリと掲示板は続いていく。

◆　◆　◆

朝、いつも通り双子を学校へ送り出すと、帰ってくるまでに家事をあらかた終わらせる。

もちろん仕事のメールが来ていないかパソコンをチェックするし、突飛《とっぴ》な行動に定評のある友人が来たら対応もする。

ちなみに俺の仕事は膨大《ぼうだい》なデータの入力作業といった、修羅場《しゅらば》の際の応援要員だ。仕事って言うより、バイトに近いかもしれないけど。

お腹をペコペコに空《す》かせて帰ってくる妹達のため、腕によりをかけて夕飯の支度《したく》をする。

部活で汗だくになってるだろうし、支度してる間に風呂も沸かしておいた。

ある程度まで作り終えたところで、妹達が見計らったように帰宅する。

風呂に入らせている間に夕飯を完成させ、それを食べ終えると、学校で出された宿題をあーでもない、こーでもないと言いながら片付ける双子。

そして俺が食器を洗っている間、２人はパソコンの前で、またあーでもない、こーでもないを始めた。

この後Ｒ＆Ｍをやるのは決定なんだろうけど、断片的《だんぺんてき》に聞こえてくる内容によると、どこに行きたいとかなにをしたいとか言ってるみたいだ。

ダンジョンの攻略も一応終わったし、どうするんだろうな。

「よし。なんか仲良く話してるけど、俺も混ざっていいか？」

食器洗いを終え手をよく拭《ふ》いた俺は、ソファーに座る双子に話しかけた。

すると雲雀は「どーぞどーぞ！」と笑みを浮かべ、鶲は腰を浮かして2人の間にスペースを作ってくれた。そして、そこに座るようポンポンと叩く。

ありがたくお邪魔すると、パソコンの画面には『【決定版！】近場で探すR&Mの観光スポット【オススメ！】』というスレッドが表示されていた。

俺がパソコンの画面に釘付けになっていると、双子は俺に寄りかかって話し出す。

「あんまり危ないことはしたくないし、こういうのも楽しそうかな～と思って。美紗ちゃんに自慢《じまん》できそうだし、ファンタジーだから面白そう！」

「ん、ファンタジー。どう？」

「そうだな、観光も楽しそうだ。でもそんなことできるのか？」

学校に支障《ししょう》が出ちゃいけないから、土日以外のプレイはゲーム内時間で2日（リアルで1時間）だけという約束だ。

しかも現実世界とは違い、基本的に移動は徒歩《とほ》か馬車で道中には魔物もいる。

それで観光ができるのかと2人に問うと、グッと握《にぎ》り拳《こぶし》を作った雲雀が身を乗り出した。

「それは調べたから大丈夫！」

「ん、大丈夫」

元気が良いのは結構だけど、近過ぎ。

鼻息も荒《あら》く興奮《こうふん》する雲雀の両頬をムニッと掴《つか》めば、変顔のまま大人しくなった。

雲雀が落ち着くと、鶲がパソコンを手際《てぎわ》よく操作《そうさ》し、俺に画面を見るよう指差した。

どうやら、先ほどの観光スレッドと、R＆M世界の地図の画像だ。

日本地図に似通《にかよ》っているが、現実にサーバーが設置された国とゲーム内の世界を合わせているらしいから、この地図は日本サーバー限定だってさ。

「えと、今私達は迷宮の街ダジィンにいる。日本地図だと千葉県の多古町《たこまち》あたり。ちなみに出発地点、始まりの街アースは南房総市《みなみぼうそうし》付近らしい。それはさて置き、私達はダンジョン探索も終わったし観光したくなった」
「はぁ、なるほど」

Ｒ＆Ｍの世界地図と日本地図を比較しながら説明する鶲だったが、最後の言葉で肩透《かたす》かしを食らったような気の抜けた返事をしてしまう。

観光スレッドを見てた時から、それは分かってるけどな。うん。

再度鼻息を荒くした興奮気味の雲雀を、鶲と一緒にどーどーとなだめ、簡潔《かんけつ》に話を聞く。

双子曰《いわ》く、ダンジョン探索も終わっちゃったから、やりたいことがまだ見つからないけど、ゲームにはログインしたい。

だったら観光すればいいんじゃね？　適当に【Ｒ＆Ｍ攻略掲示板】を見てたらこのスレッドが目に入ったし、ちょうどよくね？

じゃあそうしよう、ということになったらしい。

観光スレッドには、道筋《みちすじ》やベストシーズンといった情報がすべて載っているから、簡単にたどり着けるらしい。へぇ～。

ただし、日本と地理が似ていても、細《こま》かい地形は違うことを頭に入れておく。

日本では街だとしても、Ｒ＆Ｍでは魔物や盗賊に襲撃されて、消滅《しょうめつ》している場合もあるらしいし。

さすが弱肉強食《じゃくにくきょうしょく》のファンタジー世界。

自分の住んでいるところがゲーム内で廃墟《はいきょ》だったら、ちょっと悲しい気分になるよな。

「なので、このタスバルって村を経由《けいゆ》してコウセイって街に行くよ。タスバルは日本でいうと千葉の佐原《さわら》ってところで、コウセイは茨城の神栖《かみす》だって。コウセイは温泉街らしいよ！温泉温泉！」

「落ち着けって。神栖には一応、天然温泉があった……はずだよな？　現実世界のことを反映しているのか？」

「ん、多少反映してる。タスバルは大豆《だいず》を育てて醤油を作って生計《せいけい》を立ててるから、多分そう」

「ああ、佐原には醤油工場があったか……」

２人の説明でなんとなく理解はできたけど、すべて把握《はあく》しようとするとこんがらがってしまいそうになる。まぁとりあえず、醤油を作っている村を経由して温泉のある街に行く、という認識で良さそうだな。

「温泉～！　温泉饅頭《まんじゅう》～！　温泉卵～！」

「饅頭、あるかな……？」

温泉のことで頭がいっぱいになっている雲雀と、R&Mのヘッドセットの準備をしている鶲を横目に見ながら、俺は小さく息をついてソファーに座った。

「そう言えば、R&Mの世界——ラ・エミエールだったたな。その世界の季節ってどうなってるんだ？」

「あ、それはねぇ～」

ソファーに身を沈めながら、不意に思いついたことを尋《たず》ねた。

そう言えば、季節感があまりないんだよな。何度か雨が降ったことはあったけど、雪が降ったことはなかったはずだ。

でもリアルな世界を謳《うた》っているゲームなんだから、季節だって細かく設定されているんじゃないか？

すると笑顔の雲雀が簡潔《かんけつ》に、「季節ならね、結構適当らしいよぉ？」と一言。

ラ・エミエール気候はざっくり3つに分かれていて、北から順に寒冷地《かんれいち》、中間地、温暖地《おんだんち》となる。

俺達がいるのは中間地で、冬も夏も過ごしやすい場所らしい。気候が穏《おだ》やかで季節の変化も小さく、作物を育てるには適しているとか。

北に向かえばだんだん寒くなり、最北の国なんかは年中雪で、南はこれの正反対。

推測だが、寒冷地と中間地、中間地と温暖地の境目《さかいめ》あたりが一番四季を感じられるんじゃないだろうか？

そんなことを考えていると、準備が終わったらしく、鶲からヘッドセットを渡された。

２人がうずうずしているので、俺は苦笑してスタートボタンを押した。

◆　◆　◆

近くで噴水の水飛沫の音が聞こえ、ゆっくり目を開く。

明け方の空の下、噴水広場は稀に冒険者が通るだけで、静かな時間が流れている。

思い切り伸びをするヒバリや自身の装備を点検《てんけん》しているヒタキに、俺はダンジョン探索を終えてから密《ひそ》かに考えていたことを口にした。

「リグやメイを出す前に、２人の装備を補強《ほきょう》したいと思う」

「え？　ど、どどどうやって？」

「……落ち着け、ヒバリ」

「ふ、ふぁい！」

ヒバリは思い切り驚いたようで、明らかに挙動不審《きょどうふしん》になった。ヒタキは軽く頷くだけなのに対し、ヒバリはリアクション大賞を取りそうな勢いである。

面白いけど、そんなに驚かなくても良いのに……と苦笑しつつ、俺は2人に説明した。

以前、錆《さ》びた鉄を譲《ゆず》ってもらったことがあった。だからそれを使って、ヒバリの盾を強化できたらいいな、って思ったわけだ。

錬金術《れんきんじゅつ》を使えば錆びを取り除けるし、合成を使えば強化ができる。

そんなわけで、俺達は装備強化をするために作業場へと向かう。作業場は相変わらず半分ほどが埋まっており、生産職の人達の情熱が感じられた。

今回の滞在《たいざい》時間は1時間だけにした。まぁ料理はしないわけだし。

2人には個室の椅子に座ってもらい、俺はインベントリから、麻《あさ》の袋満杯《まんぱい》に入った錆びた鉄を取り出した。

手に入れた時は持てないくらい重かったんだけど、今はレベルが上がったからか、持てないほどではない、くらいになったぞ。ちなみに、インベントリに入れると重さを感じないからな。

「まずは鉄の錆びた部分を分離《ぶんり》、錬金、すると……」

　インベントリから初級錬金術セットを取り出し床に置き、袋に入った錆びた鉄を釜《かま》の中に半分ほど入れる。そしてかき混ぜ棒《ぼう》でこねくり回しながら、錆びた部分と鉄の部分が分離するよう念じて、スキル【錬金】を使用した。


「お、出来た」

「「おぉ～」」

「ちょ、拍手とか恥ずかしいからやめてくれると嬉しいんだけど」

　ポンッと可愛らしい音を立ててふたつの物体が床に落ちると、眺めていたヒバリとヒタキがパチパチと拍手して褒めてくれ、ちょっぴり照れてしまう。


【ピカピカ光る鉄の塊《かたまり》】

錆びた部分を綺麗に取り除いた、新品と言っても過言《かごん》ではない鉄の塊。ただしインゴットではなく丸い。レア度3。

【製作者】ツグミ（プレイヤー）
【崩れかけた錆びの塊】
鉄から抽出《ちゅうしゅつ》された錆びの塊。ゴミ。レア度0。
【製作者】ツグミ（プレイヤー）

ピカピカ光っている鉄はまるで、双子が小さい頃に作った泥だんごのようだ。

あ、分離するのに気を取られて、インゴットにするのを忘れたな。まぁ店で売っている物と同等にまで鉄を蘇《よみがえ》らせたんだから、許してくれるだろう。

ちなみに分離前の錆びた鉄のレア度は1で、『捨てたほうが良いかもしれない』って書いてあったから、すごい進化だな。

初級錬金術セットはもう必要が無いから、半分に減った錆びた鉄と一緒にインベントリに戻した。

ゴミになってしまった錆びの塊は、備《そな》え付けのゴミ箱へ。

「ヒバリ、この鉄と盾を合成するからちょっと貸して」

「あ、うんっ！　どうぞ～」

俺の手の平ほどの大きさになった鉄の塊を拾ってテーブルに置き、ヒバリに盾を貸してもらう。

ううむ、バックラーには少ししか鉄が使われてないから、全体を覆うように【合成】すれば良いか？

【合成】に失敗したら物がなくなってしまう。それは金銭《きんせん》的に痛いので、ここは固有技【賢者《けんじゃ》の指先】を使わせてもらおう。何気《なにげ》に初使用だ。

持続時間は1時間で、ＤＥＸ（器用さ）が50％アップする。消費ＭＰはＭＰ最大値の10％。発動させるには、ウィンドウに出てきた祝詞《のりと》みたいな文言を唱《とな》えなくてはいけないらしい。

恥ずかしいのでモゴモゴと口の中でしゃべり、【賢者の指先】を発動してから早速スキル【合成】を使用する。

【アイアンバックラー】

厚めに全面鉄コーティングがされたバックラー。バックラーの利点である軽さはないが、防御力と耐久性がかなり底上げされている。レア度4。

【製作者】ツグミ（プレイヤー）

成功はしたけど、バックラーの利点が消えてしまった。でもヒバリのステータス的に軽さは要らないから、このバックラーで大成功だと思いたい。

キラキラ目を輝かせているヒバリに盾を渡し、装着した時の付け心地《ごこち》などを確かめてもらう。

もし気に食わなければ、釜に盾を突っ込んで錬金すれば、多分だけど鉄を引き剥がせる。

こういうのは使う人のこだわりを……。

「余《よ》は満足じゃ！　これくらいなら全然持てるし、防御力上げ上げだよ～」

「うん。なら良かった」

ヒバリにこだわりなんて無かった。腕に装備してブンブン振り回し、キャッキャと喜んでいる。その姿を見れただけで、やった甲斐《かい》はあったよ。

次はヒタキなんだけど少し悩む。

ヒタキは一撃必殺みたいなスタイルを目指してるから、装備が重くなることを良しとしないんだよな。でも足元が気になるから、レザーシューズを弄《いじ》らせてもらおうか。

「ヒタキ、安全靴みたいに鉄板仕込むから、レザーシューズ貸して」

「ん、ツグ兄は自分で脱《ぬ》がしたい派？　それとも相手に脱がせる派？」

「……意味分からん。ほら」

「む、冗談《じょうだん》。はい」


ヒタキはなぜか微笑みながら片膝を立てた。ちょっと、なにを言いたいのか分からない。早く寄こすように手を出せば、プックリと頬を膨らませながらも渡してくれた。これとあまった鉄の塊を使って、スキル【合成】すれば完成。


【鉄板が仕込まれたレザーシューズ】

つま先の部分に薄めの鉄板を仕込んだレザーシューズ。従来のものより攻撃力と防御力がわずかに上昇している。レア度４。

【製作者】ツグミ（プレイヤー）

「まぁ、こんなもんだろ。これ以上を求められても無理」

ヒタキに出来たてのレザーシューズを履《は》かせてやりながら、俺は強化の出来映《できば》えに満足した。

ご機嫌《きげん》になった双子は置いておき、しまい忘れが無いことを確認してから、ウィンドウを開いてリグとメイを喚《よ》び出す。

(＊・w・＊)
「シュ？　シュ、シュ～」

(＊´エ｀＊)
「めめ？　め、めめぇ！」

いつも喚び出している噴水広場では無かったからか、一瞬キョトンとした表情を浮かべる2匹。しかし俺を見つけると一直線に突進して来た。

リグをコートのフードに入れ、メイが椅子に座るのを手伝ってやり、双子に向き直る。

2人でいろいろと考えてるみたいだが、ここでもう少し旅の予定を詳しく聞こうと思う。

それを簡単にまとめるとこうだ。

魔物と遭遇《そうぐう》することを考えても、4～5時間ほど歩けばタスバルやコウセイにたどり着く。タスバルで1日、コウセイで1日過ごす。

コウセイは温泉街みたいだから、しばらくの間はそこが拠点《きょてん》になりそうだ。

「地面を踏み固めただけだけど、一応の道路があるみたいだから、迷子になる心配はないよ！」
「それは安心だな」
「ん、でも気をつける。これ大事」
「まぁそりゃそうだ」

作業場の使用時間はまだあまっているが、必要経費だとすっぱり諦めて、俺達は作業場をあとにする。

作業場の利用料金は1時間区切りだから、諦めるしかない。30分ごととかにしてくれたら……って、守銭奴《しゅせんど》っぽい考えはやめておこう。

4つある門のうち、北門を抜けてまずはタスバル村を目指す。ちなみにダジィンに初めて来た時は、南門から入ったぞ。

商人の馬車や俺達と同じ冒険者も忙《せわ》しなく行き来しているので、人通りが無くなることはなさそうだった。さすがはすべてのランクのダンジョンに挑《いど》める街だな。

◆◆◆

お昼を少し過ぎた頃、目的地であるタスバル村に無事到着した。

本当なら街道には魔物や盗賊《とうぞく》が出てもおかしくないんだが、こうも護衛付き商人の馬車や冒険者が大勢行き交っていると、逆に手を出しにくいらしい。

空を優雅《ゆうが》に飛ぶ極彩色《ごくさいしき》で尾羽《おばね》の長い鳥などを見ただけで、あまり魔物と戦えずレベル上げができなかったけど、楽で良かった気もする。


(＊￣ェ￣＊)


「めめ」

「うん、めっちゃのどか。のどかすぎる」

道中ものんびりだったが、タスバルはもっとのどかだった。

広大な土地一面の大豆畑に、ぽつぽつと建《た》っている民家。

周りを囲《かこ》う柵《さく》は魔物対策なのか、さすがに頑丈《がんじょう》な作りをしている様子だ。

ほとんどが畑で占められた村を見渡し、俺はあらかじめ教えてもらっていた情報を思い出す。

まず、村の入り口から一番近く、一番大きな建物だ。これは醤油の買い付けにやって来た商人や、冒険者のための宿屋だな。

次に村のド真ん中にある石像と、そのすぐ近くに建っている1階建ての建物。

石像は女神エミエールを模《も》しており、他の街の噴水広場と同じ役割を担《にな》うらしい。んで、その近くにあるのが作物や加工品を売っている販売場。そこには目当ての醤油もあるらしいから、足を向けなくては。

村の奥まった場所に村長の家があるみたいだけど、行く理由もないから説明は端折《はしょ》るぞ。

商人やその護衛らしい冒険者とすれ違い、俺達は販売場へ。

「わぁ、良い匂いがするぅ～」

「ん、良い匂い。これは焦《こ》がし醤油。あ、奥でお煎餅《せんべい》焼いてる」

「ふぉっ、おせんべぇぇ⁉」

「シュシュ！」ヽ(＊・w・＊)ノ

販売場は至ってシンプルな造りをしており、広々とした入り口から見て右側が醤油関連。左側には、村人が作ったらしい野菜や籠《かご》などの雑貨《ざっか》が並んでいた。

奥のほうでは七輪《しちりん》のような物で煎餅を焼いているらしく、香《こう》ばしい匂いが充満している。匂いに釣られたらしいリグがゴソゴソとフードから顔を出し、しきりに香りを嗅《か》いでいて可愛らしかった。

リグよりソワソワしている双子にお小遣《こづか》いをあげると、喜んで奥へ走っていってしまう。

メイと一緒に苦笑した俺もその後を追った。

興味津々《きょうみしんしん》なリグに醤油煎餅を食べさせてあげないと、って使命感だ。


「醤油お煎餅10枚ください！」

「私も同じ、ください」

「俺にも同じだけください」

『はいよ！　ちょっと待ってね』


結局まとめて全員分支払うことになり、お小遣いをあげた意味がなくなったな。まあ、他の物に使ってくれれば良いよ。

少し待って、出来立てでアツアツの煎餅を包装紙でもらい、リグとメイに1枚ずつ、自分で1枚食べて、残りはミィにあげようと思う。

インベントリのおかげでずっとアツアツだし、きっと喜んでくれるはず。煎餅は米でなく、大豆を使ってるみたいだ。


「んん～、良い匂いでおいしそう！　いっただきまぁ～すっ！」

「ん、いただきます」

「じゃ俺、向こう見て来るからな」

「「はーい」」

「この販売場からは出るなよ」

「「はーい」」


早くも他の食べ物に目移りしている2人に一声かけ、俺は醤油コーナーに向かう。なんだか気の抜けた返事だったけど大丈夫か……？　まぁ、いいや。

コーナーに着いた俺は衝撃《しょうげき》を受けた。現地で買うと醤油ってこんなに安いのか。俺の記憶が正しければ、この前エーチで買った醤油の半値《はんね》以下なんだけど……。

魔物のいる世界で物流は命懸《いのちが》け、輸送手段も限られているから仕方ないか。

醤油以外にも、大豆、枝豆《えだまめ》、味噌《みそ》、納豆《なっとう》、豆乳《とうにゅう》、きなこ。

いろいろ買い揃えると値段が張ってしまうが、それ以上に満足できたので、俺としては上々の成果だったと思う。

購入したものをインベントリに入れてメイと手をつなぎ、グルリとあたりを見回すと、捜《さが》し人はすぐに見つかった。

手作りきなこ飴《あめ》とやらを口いっぱいに頬張《ほおば》り、幸せそうな表情を浮かべる双子と、そんな彼女達を微笑ましそうに見つめる老婆《ろうば》。

老婆の眼差《まなざ》しが孫娘を見るものだったから、なんとなく交わされたやりとりが想像できた。

迷惑をかけていないなら良いか。近寄ると2人はこちらを振り返る。

「買い物終わったぞ。あ、あとそのきなこ飴ください」

きなこ飴は小さめの籠1杯500Mで、俺も欲しくなったから買う。

「ふふふぃ、こふぇおぃふぃいふょ！」

「ん、おいひい」

「食べている時はしゃべらない。ほら、リグとメイも食べてみるか？」

(＊・w・＊)
「シュ～」

(＊・ェ・＊)
「めめっ」

口をモゴモゴさせながらしゃべる2人をたしなめ、リグとメイにも分けてやる。

「じゃあ、俺も。ん、美味《うま》い」

o H o
20
•w•

自分も口にすれば、優しい蜂蜜《はちみつ》の甘さが口の中を広がって思わず頬が緩《ゆる》んだ。

蜂蜜ときなこさえあれば出来るから作り方は簡単なんだけど、おばあちゃんが手作りしたから余計においしく感じるってのはありそうだ。

皆して口の周りにきなこがついているので、ポケットからハンカチを取り出し、少しばかり雑に拭《ぬぐ》ってやると綺麗になった、か？

そして、相変わらず微笑ましそうにこちらを眺めていた老婆に挨拶《あいさつ》をして、販売場をあとにする。

外に出ると日が傾《かたむ》いていた。結構な時間、ここにいたんだな。

早速この村にひとつしかない宿屋へ足を向ける。

宿屋には食堂もあるらしく、俺達が宿の受付にいる時、大きな笑い声が聞こえてきた。

受付嬢の宿屋の娘さん曰《いわ》く、騒いでいるのは農作業を終えた農夫達だから、あと1～2時間もすれば、痺《しび》れを切らした奥さんに雷《かみなり》を落とされて静かになるよ、とのこと。

へぇ、とだけ返しておく。

「むぅ。ここでご飯食べるの諦めて、さっさと寝て、早く温泉行こう！」

「ん、私もそう思う」

ヒバリは諦めたように、宿の手続きを終えた俺の服の裾《すそ》を引っ張った。

ヒタキも何度か頷き、部屋へとスタスタ歩いて行ってしまう。

タスバルでの用事も終わったし、どうしても食堂に行かないといけないわけでもない。

だったら寝てしまったほうが良い、というのが双子の意見だな。

ヒタキのあとを追うと、彼女は部屋の前で待っていた。ヒタキは俺が持っていた鍵《かぎ》で扉を開けて、中に入っていく。

部屋の内装はこれまでの宿屋と同じだった。ゲーム内ではすべて共通なのだろうか？

そこで俺達はインベントリから出した料理で小腹を満たし、喉の渇《かわ》きを癒してから、睡《すい》眠《みん》を取った。この短い睡眠には、どうやっても慣れる気がしない……。

◆
◆
◆

早めに寝たので、目が覚《さ》めた今は、まだ太陽が出るか出ないかの早朝だ。

宿屋の受付には人がいたけれど、さすがに食堂で騒いでいた農家の人はいなかった。

やっぱり朝のスッキリした空気は気持ち良いね。早朝のせいか人通りは少なく、たまに冒険者とすれ違う程度。

「温泉饅頭～♪　おっんせ～ん♪　まっんっじゅ～う♪　ふふんふ～ん♪」

「ヒバリちゃん、楽しそう。ヒバリちゃんが楽しいと私も楽しい。もち、ツグ兄も楽しいと嬉しい」

「俺も、2人が楽しいと嬉しいよ」

「ん」


音程がかなりトンチンカンなことになっているノリノリのヒバリが先頭を歩き、楽しそうに微笑むヒタキ、メイと手をつないだ俺が続く。

お昼過ぎには温泉の街コウセイにたどり着くはず。なにもなければ。

◆　◆　◆

道中、積《つ》み荷《に》をぶちまけてしまいオロオロする商人のNPCと出会ったが、魔物は全然いなかった。もちろん積み直しを手伝い、商人からめちゃくちゃ感謝された。

一期一会《いちごいちえ》は大事にしないと。小さな親切が巡《めぐ》り巡って行くのは、見ていて気持ちの良いものだからな。

コウセイにたどり着いたのはお昼を過ぎたあたり。

遠目《とおめ》に街の全景が見えた頃には、そよ風に乗ってかすかに硫黄《いおう》の香りが漂ってきて、メイがしきりに鼻をヒクつかせ、不思議そうに首を傾げていた。その仕草に俺はほっこりする。

迷宮の街ダジィンより華奢《かしゃ》な門を潜《くぐ》ると、豪華《ごうか》な温泉宿や歴史を感じる建物があちこちにあって、ヒバリが目を輝かせた。


「すっごぉ～い！」

「ん、どうどうヒバリちゃん」

「だっ、大丈夫だよぉ～」


コウセイは基本、和風な街だが噴水広場は洋風らしいので、キョロキョロと目移りしているヒバリをヒタキに任せていったんそこを目指す。

温泉宿の前には、客引きの仲居《なかい》さんや看板を持ったプレイヤー冒険者がいた。

そんな中を、足を速めて俺達は進む。

見慣れた噴水広場にホッとしつつ、人の少ない片隅《かたすみ》に腰掛けた。ベンチに座れずに困っているメイを膝の上に乗せ、若干1名の鼻息が荒いことを除けばいつも通り。

興奮して鼻息の荒い妹《ヒバリ》を冷静な妹《ヒタキ》に任せ、俺はぐるりとあたりを見渡す。

小さめの噴水広場を中心に大通りが四方に延《の》び、大通りを中心に冒険者向けの店が軒《のき》を連《つら》ねていた。温泉の硫黄の匂いが強いが、慣れれば気にならない程度だと思う。

ファンタジー補正なのか地熱が影響しているらしく、少し暖《あたた》かい気もした。面白いな。

「ふぁぁ、温泉饅頭が早く食べたい！　あと温泉にも入りたい！」

「ヒバリちゃん、どうどう。すごく楽しみなのは分かるけど、さすがに乙女がしちゃいけない顔になってる」

「ファッ、どんな顔⁉」

「で、このあとはどうするつもりなんだ？　宿屋とか、温泉に入るとか、いろいろあるだろ？」

双子が面白い会話をしていたが、俺はそれをさえぎって、断腸《だんちょう》の思いで口を開く。

なぜ自分で調べないんだ？　とか思うだろうけど、無知は可愛い妹達と話す口実《こうじつ》になるからな！　はは。

俺の言葉に2人は顔を見合わせ、あーでもないこーでもないと話し出す。

「温泉宿はいくつか目を付けてるよ！　スレッドにSSが貼ってあったからね。でも、どれにしようか悩むなぁ～」

「宿代は高い。でも温泉入り放題だし、ご飯がすごくおいしいって。海がすぐそこだから、海産物《かいさんぶつ》がある」

「ええと、温泉に入るには、湯着《ゆぎ》ってやつを買わないと駄目なんだっけ？　丈夫《じょうぶ》な生地で出来てるから透《す》けたりしないとか」

　ヒバリが言うには、温泉街の最強宿１００選みたいなスレッドがあるらしい。

　ちなみに湯着とは速乾性《そっかんせい》に優《すぐ》れた甚平《じんべい》みたいなもので、それを着て温泉に入るのだそう。

　ついでに言うと、ほとんどの温泉は混浴らしい。

「テイムした魔物はペット扱い、リグやメイを温泉に入れても問題ない。ツグ兄、あとは行ってから説明でも大丈夫？」

「うん、大丈夫だよ。なんとなく分かったし、分からなかったらその都度《つど》ヒタキに聞くから」

「わ、私には……!?」

　こちらを見て小首を傾げていたヒタキの頭を撫でると、ヒバリが崩れ落ちた。

　頼りにしてるよ、と手を伸ばしてヒバリの頭も同じように撫でる。すぐ機嫌は直ったものの、お兄ちゃん的にちょっと心配だな。

まぁそれは置いておいて、今日泊まる宿を探すためベンチから移動する。さすが目を付けているだけあり、迷いのない歩みだ。

客引きの中をズンズン進んで行く妹達と俺。老舗《しにせ》風の温泉宿の前で2人が足を止めたので、俺はその建物をしげしげ眺めた。

夕食と朝食付き、温泉入り放題で1人1泊5000M。ペット扱いのリグやメイは、1匹1000M。

どうやら2人はここがオススメな様子。

「ちなみに、この旅館を選んだ理由は？」

「ここね！　料理がね！　おいしいの！　なんか、リアルで料理長だったプレイヤーさんがいるって！　おいしいは正義！」

「ん、あと温泉の効能。神経痛《しんけいつう》、筋肉痛、関節痛、五十肩、運動麻痺《まひ》、うちみ、くじき、関節のこわばり、慢性《まんせい》消化器病、痔《じ》病、冷え性《しょう》、病後回復期、疲労回復、健康促進《そくしん》。いっぱい」

「……若いし、効能はあまり意味ないかもな。なによりゲームだから効かないだろ……いや、まぁ楽しそうでなにより」

その答えに、俺はなるほどと頷いておく。

おいしいは正義！　と言い放つヒバリはいつも通りだが、温泉の効能を指折り数えながら言うヒタキには苦笑した。疲労回復や健康促進はありかもしれないけど、五十肩とか、俺達にはまだ早いと思うんだ。ははっ。

温泉宿は木造で、日本の老舗旅館《りょかん》って感じの内装をしていた。

すぐ近くにいた仲居さんが寄ってきたんだけど、いきなり聞き慣れた声で、「ツグミだニャー！」と叫ばれた。

身内でプレイしている俺達に、気軽に話しかけてくる存在は珍しい。

見れば、水の街アクエリアから知恵の街エーチへの道中に出会った、数少ないフレンドの1人であるナナミさんがこちらを指差していた。

「お久しぶりニャ、みんニャ！」

「お久しぶりですナナミさん！　今日も毛並みがチャーミングです〜！」

「ん、お久しぶりですニャ」

モフモフとした毛並みを持つ獣人族のナナミさんは、嬉しそうに尻尾をくねらせる。

ヒバリとヒタキも、不意の再会に驚きながらも嬉しそうに表情を輝かせた。

「ニャふふ、みんニャはこの旅館に泊まるのかニャ？　ここは、おさかニャ料理がおいしいからオ……ニャ⁉」

「「……」」

いきなりナナミさんの頭に小さな金《かな》だらいが落ちてきて、俺達は一瞬で静まり返る。

金だらいが当たった頭をさすりながら、ナナミさんは涙目で、それはもう長い長いため息をついた。

「ダメージはニャいけど……ニャいけど痛い気がするニャ。ちゃんと仕事しニャいと駄目ニャ。ユキコはいったいぜんたい、どこで見てるのかニャ」

話を聞くと、ナナミさんは仲居として、ユキコさんは調理場手伝いとして、この旅館で働いており、尽きかけた旅費《りょひ》を稼いでいるという。

そしてあの金だらいは、なんとランダムガチャで最高レア度の黒玉を出した結果、もらったものらしい。ダメージは与えられないけど衝撃を与えて行動を阻害できるらしく、いろいろな場面でユキコさんは活用しているとか。

ユキコさんはナナミさんのことになると凄《すさ》まじい察知能力を発揮する、と脳内メモに書き留めておこう。

受付を済ませカウンターで子供用の湯着と大人用の湯着を購入すると、ナナミさんが部屋まで連れていってくれた。

廊下《ろうか》から見える庭の景色も和風で、経営者のこだわりにさすがとしか言いようがない。

案内されたのは、10畳くらいの畳の和室、6畳くらいのフローリングの洋室がくっ付いた、典型的な部屋だった。

早速靴を脱いだ妹達は、足を拭いたメイを連れて窓辺へと駆け寄る。

「うぐぐっ、ツグミ達と一緒にこの街を回りたかったニャ。金欠《きんけつ》にニャるもんじゃニャ……金だらい怖いから、もう行くニャ。ごゆっくりどうぞニャ。夕飯はゲーム時間で夜の7時から8時の間に運ばせてもらうのニャ」

「あ、はい」

未練《みれん》たらたらなナナミさんは、言うことだけはちゃんと言って引き返していった。

◆◆◆

ぱたんと扉を閉めて、俺もブーツを脱いで畳の上へ。

装備しているアイテムも、こうすると規定の秒数で消えてしまうんだっけ？　大丈夫かもしれないが、妹達と同じようにブーツをインベントリに入れ、代わりに靴箱に入っていたスリッパを人数分並べてから洋室へ向かう。

この旅館はカタカナのロみたいな造りをしているようで、窓からは立派な枯山水《かれさんすい》が見えた。

部屋からも廊下からも中庭が見える設計とは、どこまでもこだわり抜いているな。

こっそり近付いた俺に気付き、メイがとことこ歩いてきて足に抱きついた。

メイの頭を撫でながら双子に目を向けると、まだ窓の外に視線を向けている。

「んー、すごいとは思うけど、私にはちょっと理解不能かも～。お庭より温泉とおいしいもののほうがいいなぁ」

「ふふ、ヒバリちゃんらしい。ご飯は7時からだからお風呂行く？」

「もっちろー……おぉふっ、ツグ兄ぃ！」

ヒタキの問いかけに、心底嬉しそうな表情を浮かべたヒバリ。クルッと振り返ると、俺がいるとは思わなかったのか、面白いリアクションをしてくれた。

ささやかな胸に手を当てて深呼吸するヒバリに笑って謝り、全員で和室の真ん中に座り込む。

壁には木製のテーブルが立てかけてあるんだけど、すぐ温泉に行っちゃうだろうし今は出さないでおく。あと、押し入れにはちゃんと3組の布団が入っていた。

さて、現実の温泉と同じとは限らないので、その前に2人に聞いておいたほうがいい。


「風呂に行くのはいいけど、必要な準備はあるか？」

「あ、うん。一応あるよ！」

「ん、ちょっとしたこと」


表情を輝かせた妹達から聞いた要点をまとめると、ここで湯着に着替えてから温泉に向かう。湯着があるから、温泉の施設は全面的に混浴。

入りたがるかは置いておいて、リグやメイも温泉に入って大丈夫。あぁ、あと温泉施設から出たら湯着が自動的に乾《かわ》く魔法陣の仕掛けもあるとのこと。

「あと、温泉に入るならリアリティ設定いじるといい。無しだとちょっと物足《ものた》りない、中くらいが吉」

「なるほど、了解」

着替えてそろそろ行くかと腰を浮かすと、ヒタキの助言が。

せっかく温泉に入るのに、ちっとも濡れなかったら確かに味気《あじけ》ないだろう。

頷きながらウィンドウを開き、リアリティ設定を変更する。これで俺達は温泉を堪能できるわけなんだが……水に濡れることが好きではないリグは大丈夫だろうか？

着替えるためノードからリグを取り出すも、リグは大きな鼻提灯《はなちょうちん》を作っていて起きる気配がない。まぁ、あとでいいか。

ええと、まずはステータス画面を開いて、【装備】を押して【ルームウェア】の欄《らん》をなぞる。小さなウィンドウが出たらそれを押して、【アイテム一覧】を押して、さっき買った【大人用湯着】を押して、【ルームウェア２】のところに持っていって、最後に【はい】を押したら設定終了。

もっと手早くやる方法もあるみたいだけど、俺には堅実《けんじつ》で分かりやすい方法が似合うと思うのでやめておいた。

設定が終わると、立ち上がって「セット、ルームウェア２」と言うとあら不思議。光の粒子が身体を覆い、一瞬で湯着姿に早変わりだ。

ちなみに、この下には初期設定のルームウェアが着込まれているので、ポロリなど不慮《ふりょ》の事故は絶対に起こらないらしい。

「セット、装備」と言えば、すぐにいつも通りの格好に戻るので安心安全だ。


「よぉし、温泉に行くよ～！」

「楽しみなのは分かるけど、さすがにその顔はヤバいぞ」

「ふふ、ヒバリちゃんらしい」

「ぬぉっ、らしいってなに！」


温泉が楽しみすぎて、またすごい表情になっているヒバリをなだめつつ、片手にリグを抱え、メイと手をつないで部屋を出る。両手が塞がってしまったので鍵はヒタキにかけてもらった。


静かで、ゆったりとした時間の流れる廊下を歩く。

老後はこういう場所に住みたいな、って思うくらいには素敵だと思う。

しばらく中庭の枯山水を眺めていると、日本人には馴染《なじ》み深い温泉マークのある、小豆《あずき》色の暖簾《のれん》がかかった目的地に到着した。

裸になったりしないためか扉はなく、暖簾を潜《くぐ》ると、編《あ》み込みの椅子があったり、風呂上がりに飲めるよう飲み物を販売していたりと、憩《いこ》いの場となっていた。

奥にはまた同じ暖簾がかかっているが、そこからが本番だろう。

早速その暖簾を潜《くぐ》ってあたりを見渡す。

ムワッと押し寄せてくる温泉の湯気と、かすかに鼻を刺激する硫黄の臭い。天然温泉の証《あかし》だ。

いくつも湯船があり、ここはどこぞのスパリゾートかと錯覚《さっかく》してしまいそうな規模《きぼ》で、思わず俺は何度か頷いた。

奥に特大サイズのウォータースライダーみたいなものがあったが、いったん忘れておこう。

Σ(・w・;)

「シュ、シュシュー！」

目を輝かせてはしゃぐ2人に刺激されたのか、今までぐっすり寝ていたリグが声を上げた。

キョロキョロしているのはとっても可愛いんだけど、隣で妹達が、餌をお預けにされている肉食獣みたいにソワソワしてるから、そっちをどうにかしないと。

「ツグ兄ぃ、私達が暴走《ぼうそう》する前にどの温泉に入るか決めて！」

「ん、楽しむのはミィちゃん来てからでもいいけど……ちょっと迷う」

「だったら……あれとか？」


本格的に遊ぶのは、美紗ちゃんと一緒に来る時まで我慢するらしい。いつも通りだけど仲が良いな。

俺は温泉施設を見回して、目についたものを指差した。それはいわゆるお子様向けプールで、俺以外の皆が不思議そうに首を傾げてしまう。

今日は試しに入るみたいなものだし、あれなら俺の膝くらいまでの水位しかなさそうだ。きっとメイも楽しめるだろう。

しかもほとんどお客さんがいない。多少はしゃいで騒いでも大丈夫じゃないか、と付け加えると、盛大に頷かれた。

より一層はしゃぎ出した２人を引き連れ、閑散《かんさん》とした子供用の温泉プールへ。２人は底が浅い楕円形《だえんけい》のプールに入り、メイを呼ぶ。


「メイ、一緒に遊ぼう！」

「メイ、ヒバリちゃんと遊んであげよう。楽しいよ、多分」

(＊＞ェ＜＊)

「めめっ、め〜！」

メイは嬉しそうな顔文字を頭上に出しながら、ザップザップとお湯を掻《か》き分け2人の元へ。

2人とメイはお湯のかけ合いをしたり、メイに泳ぎ方を教えたりしている。

俺はプールの縁《ふち》に腰掛けて足を温泉につけ、その様子をのんびり見守っていたが、ふと、腕の中にいるリグに問いかけた。

「リグ、温泉に入ってみるか？」

(・w・？)

「シュ？」

「ちょっとだけ。どうだ？ 水は嫌いだろうし、やっぱり駄目か？」

♪ヽ(＊・w・＊)ノ♪

「シュ、シュ〜。シュシュシュ〜」

「あ、大丈夫なのか」

こちらを見上げてコテンと首を傾げたリグだが、どうやら怖くないらしい。可愛らしいその仕草に頬を緩ませつつ、びっくりさせないようゆっくりと温泉にリグを浸した。

リグは一瞬だけ驚いたように声を上げるも、すぐ緊張《きんちょう》を解《と》いて温泉を堪能《たんのう》し始める。

俺を信頼してくれてるみたいだけど、俺が手を離したら大惨事《だいさんじ》だよな。やらないけど。

絶対やらないけど！

◆　◆　◆

あれからしばらく2人とメイが遊んでいるのを見ていたが、あと30分もすれば7時になることに気付き、俺達は最後に大浴場へ移動していた。

さすがに深くて怖いのか、リグは俺の頭上に陣取っている。

メイは俺の膝の上に座って、顔のみが水面から出ている状態。ご機嫌そうな顔文字を出しているので、２匹とも楽しんでいるようでよかった。

「ふふん～♪　ビバフンフン♪」

「ヒバリちゃん、楽しそう。私も楽しい。びばふんふん、ふふっ」

ヒバリ先生の鼻歌が絶好調《ぜっこうちょう》だな、ヒタキも楽しそうでなにより。

そんなこんなで、俺達は温泉から上がった。

しばらくはこの街に滞在する予定だから、次の機会にまた来よう。それに、遊ぶならやはり美紗ちゃんもいたほうがいいだろう。

「夕飯が！」と急《せ》かす妹達に引っ張られ、部屋に戻っていると、忙しなく廊下を行き交う仲居さん達と出会った。

何段もの料理が並べられたお膳《ぜん》を持っているのがNPCで、持っていないのがプレイヤーだ。なぜならインベントリに入れられるから。

仲居業は圧倒的にプレイヤーが有利だな。まぁ俺が仲居業をすることは絶対にないので、どうでもいいか。

そういえば温泉から出た瞬間、しっとり濡れていた湯着がさっぱり乾いたな。

ヒタキが言うには、リアリティ設定が【中】だからしっとり濡れる程度だったらしく、リアリティ設定が【高】だと、水も滴《したた》るいい男の状態になるんだと。予想だけど、メイの姿が別の生き物状態になりそうだな。

苦笑しながら部屋にたどり着くと、コンコンと扉が叩かれるまでくつろいだ。

「どうぞ」

「はいは～い、お待たせニャーン！　リアルで某《ぼう》老舗旅館の板前長を50年務《つと》め、惜《お》しまれニャがら引退し、今はこの旅館の板前長になったプレイヤー、権左ェ門《ごんざえもん》さん渾身《こんしん》のお夕飯をお届けニャ！　今日は大漁だったから、海の幸《さち》尽くしニャよ！」

「わぁ～い！」

「シュシュ、シュー！」　ヾ(≧w≦)ノ
「めめっ、めー！」　(*´>ェ<`*)

　皆と会話しながらまったりしていたら不意に扉が叩かれ、テンションの高いナナミさんが変なポーズで現れた。

　俺とヒタキは冷静だったが、元々ノリのいいヒバリと、ご飯を待ち兼《か》ねていたペット2匹が大歓声を上げた。

　壁に立てかけられた折り畳みテーブルをナナミさんと一緒に出しながら、引退した料理長プレイヤーって、あの有名な権左ェ門さんのことか、と1人で納得。

　テーブルの上をインベントリから取り出した布巾で拭き、終われば次々と手慣れた様子で豪華な料理を並べていくナナミさん。

　リグやメイのための取り皿も多めに用意され、細かな心配《こころくば》りにありがたくなった。

　タイの身をふんだんに使い、醤油で炊《た》き込んだ食欲をそそるご飯。ロブスターほどの大きさがある伊勢《いせ》エビの活《い》け造《づく》り。藁焼《わらや》きのいい香りがするカツオのたたき。エビやキス、アジに加え、カボチャやシシトウ、ナスなどの野菜も彩《いろど》りよく盛《も》り付けられた天ぷら。

海の幸をこれでもかと豪華に使った料理に、俺達はシンクロして感嘆《かんたん》のため息をついた。
これほど豪華なら、この値段設定は安いと思う。

「では、ごゆっくりしていってニャン」

妹達に果物《くだもの》ジュース、俺にビールみたいな飲み物をテキパキと用意して、1杯だけお酌《しゃく》してくれたナナミさんは、まだ仕事が残っているらしく行ってしまった。暇があればゆっくり話したいな、うん。

約1名、涎《よだれ》を垂《た》らしそうなほど口元を緩めている妹もいるが、もう少し待て。
ビールは飲めないと思うので、リグとメイの飲み物は妹達と同じものを用意して、箸《はし》を持って、いただきます。

俺はリグとメイに料理を分けてやりながら、自分も口に運ぶ。

ヽ(*>w<)ノ
「シュシュッ!」

(*´ェ`*)
「めめっ、めっ!」

「ん、美味い。やっぱり自分で作るものとは全然違うな」

小皿に取り分けた途端、リグとメイは喜んだ顔文字を出しながら食べ始め、プルプル震えて料理のおいしさを表現していた。

ヒバリとヒタキにいたっては無言で食べ続けており、その表情は少しばかり鬼気迫《ききせま》ったものがある。料理は逃げないからゆっくり噛《か》んで食べて欲しいな、とお兄ちゃんは思ってるぞ。

急かす２匹に料理を取り分けながら俺も食べ、全員で感動して舌鼓《したつづみ》を打つ。

【豪華《ごうか》！　伊勢《いせ》エビの活《い》け造《づく》り】
大振りで新鮮《しんせん》な伊勢エビを活け造りにした舟盛《ふなも》り。豪華な見た目と繊細《せんさい》な伊勢エビの味が完全調和する逸品《いっぴん》。レア度７。満腹度＋51％。１時間水属性攻防＋25％。
【製作者】梅田権左ェ門（プレイヤー）

「……おぅ、これはなかなか」

皆が料理を食べている途中、俺はふと伊勢エビの活け造りを調べてみた。

するとどうだろう。さすがのレアリティに満腹度、レアリティ補正の上昇効果。

こんなにすごい料理が出てくるなら、少々高い値段も頷けるってわけだ。俺もこれくらいレア度の高い料理を作ってみたいな。

そんな感じで俺達は、付け合わせのツマを除き、凄まじい勢いで平らげてしまった。まぁ、ツマすら食い意地の張ったリグはモシャモシャ食べてたけど。

飲み物を飲みながら料理の感想を話し合っていたら、タイミング良くナナミさんが食器を下げに来てくれた。

彼女にたくさん作りすぎた、水筒に入ったロールキャベツを渡すと、「て、手料理ニャ！」と土下座《どげざ》する勢いで喜ばれ、俺は苦笑するしかなかった。

夕飯が終わると、俺達はテーブルを片付けて畳の上に布団を敷く。

これでミイがいたら、24時間営業の温泉にもう1回って選択肢もあるけど、また今度。

満腹で眠《ねむ》そうに舟を漕《こ》いでいるリグとメイを両脇に抱え、俺はヒバリとヒタキにおやすみと言ってから目をつぶった。

「よし、起きた！」

つぶった瞬間、隣のヒバリがガバッと起き上がり叫ぶ。

そういえばこの睡眠システム、「ゲームしているのにHP回復を睡眠にするなんて！」「貴重なゲーム時間を削《けず》るのか！」って非難《ひなん》もあったらしいけど、回復ポーションを使えば全部解決じゃん、の一言で一蹴《いっしゅう》されたとか。確かに。

布団はそのままでいいらしいから放っておき、俺達は湯着状態からいつもの手作り装備に指先ひとつで着替えた。

あとは靴を履いて、鍵を受付に戻して終わり。時間的に少しは余裕があるけど、双子達は大満足したようだ。

俺は皆を引き連れ噴水広場へ。

リグとメイを休眠状態にして、現実世界へと帰るべくログアウトボタンを押した。

◆　◆　◆

両脇に温かさを覚えて視線を左右に向け、そういえば今回、双子は俺の隣にいたんだっけ……と思い出す。

少しすると2人も起き出し、まるで猫のように伸びをした。

現在の時間は夜の9時を過ぎたところ。明日も朝練《あされん》で早いし、さっさと寝させないと。

「雲雀、鶲、余韻《よいん》に浸ってるところ悪いけど、早めに片付けて歯を磨《みが》いて、トイレに行って寝るんだよ」

「あ、うん。分かってるよ！」

「ん、つぐ兄に迷惑かけない。だから早く片付けて、早く寝る」

2人はハッとした表情を浮かべ、慌ててパソコンの電源を落としヘッドセットを片付け始める。そんなに慌てなくてもいいんだけど、まぁいいか。

そうして洗面所へ向かった彼女達だったが、「つぐ兄ぃ、歯磨《はみが》き粉《こ》なぁーい！」という雲雀の叫び声が。俺は苦笑してソファーから立ち上がり、彼女達の元へ向かった。

R&M攻略掲示板

【ブラック☆】LATOLI【ロリコン】part4

（主）=ギルマス
（副）=サブマス
（同）=同盟ギルド

1:プルプルンゼンゼンマン（主）
↓見守る会から転載↓
【ここは元気っ子な見習い天使ちゃんと大人しい見習い悪魔ちゃん、生産職で女顔のお兄さんを温かく見守るスレ。となります】
前スレ埋まったから立ててみた。前スレは検索で。
やって良いこと『思いの丈を叫ぶ・雑談・全力で愛でる・陰から見守る』
やって悪いこと『本人特定・過度に接触・騒ぐ・ハラスメント行為・タカリ』
紳士諸君、合言葉はハラスメント一発アウト、だ！
・
・
・
837:神鳴り（同）
>>824俺も見たよ〜。漆黒《しっこく》の翼を持ちし冷酷《れいこく》なる堕天使《だてんし》、ここに見参！　とか叫んでた。中学２年生の古傷《ふるきず》が痛む。めっちゃ痛むんで

書き込む　全部　＜前100　次100＞　最新50

すけど。塞《ふさ》がったはずなのに、アイタタタ……。

838:甘党
さぁて、今日はなにして過ごそっかなぁ。やることいっぱいあるんだけど、やっぱここに入《い》り浸《びた》っちゃうww

839:sora豆
>>832ネコの缶詰に醤油《しょうゆ》垂《た》らしてマヨネーズそえるとおいしいよ！極貧《ごくひん》学生時代やってたから味は保証する！

840:ナズナ
>>831うん。歌って踊《おど》れる武道家目指すっていってた、おかん……。

841:密林三昧
話をぶった切っちゃうけど許してね。お兄さんとロリっ娘ちゃん達がログインしましたー！

842:棒々鶏（副）
そういや、グリフォンをテイムした人が富士山に行ったらドラゴンに墜《お》とされたんだってね。無理だろうけど、ドラゴンスレイヤーの称号とか欲しい気もする。

R&M攻略掲示板

843:かるぴ酢

>>839君の食生活について、ちょっとお話ししたほうがいいと思うんだ。

844:もけけぴろぴろ

>>837古傷ww　誰もが通る道だよ。その暗き漆黒の闇《やみ》が照《て》らす道を導かれし時、我らは大人の階段をのぼって羞恥心《しゅうちしん》という状態異常を得るのだw

845:魔法少女♂

>>839えぇ！　wwwwww

846:かなみん（副）

>>841了解〜。報告ありがと！

847:黒うさ

マヨネーズをそえたらなんでもおいしくなる、と思ってる今日この頃。一週間に一本は無くなるよね。

848:氷結娘

>>841了解だよん☆

書き込む　全 部　＜前100　次100＞　最新50

R&M攻略掲示板

849:ちゅーりっぷ
>>840それは……どうなんだろ？ｗ　厳密《げんみつ》に言えば良いのかｗｗｗ

850:パルスィ（同）
>>842おぉ、ファンタジーっぽい！　ゲーム設定上、龍と竜、ドラゴンの違いあるみたいだけど置いといて、心躍るな！

851:白桃
ロリっ娘ちゃん達とお兄さん、今日はどこ行くんだろ。どんどん北上してるから、それを考えつつ柔軟《じゅうなん》な発想で逆立《さかだ》ちしてみれば……分からん！　ｗ

852:NINJA（副）
ストーキング開始でござるよ！

・

・

・

895:フラジール（同）
ええと、龍は魔物の頂点であり神の化身、ついでに人化《じんか》するし中立的な立場なのかぁ～。竜は龍の子供。ドラゴンは龍でも竜でもない魔物の総称《そうしょう》で、人化しないし大概《たいがい》が攻撃的……と。

書き込む　全 部　<前100　次100>　最新50

R&M攻略掲示板

896:コンパス

>>888そうそう！　タスバルは千葉の佐原だよ。近くに成田空港があるよ。

897:iyokan

これでお兄さんの料理レパートリーが増えるんですね、分かります（ヨダレじゅるり）そして行くとこ行くとこに料理のクエを出す我らwww

898:ましゅ麿

タスバルを経由してるけど、今までのロリっ娘ちゃん行動を考えるに、行き場所は絶対コウセイだよな。小規模だけど、温泉街（ごくり）

899:空から餡子

>>891そりゃ火山ないけど、どこだろうと掘《ほ》れば温泉は出るんじゃね？　日本だし、ファンタジーだし、ゲームだし。面白きゃ良いのさ。俺、温泉より油田《ゆでん》を掘ってみたいんだよね！　石油王になりたい！　出るかなぁ～w

900:中井

>>895へぇー。ちょっと面倒だけどカッコいいな、龍と竜とドラゴ

書き込む　全 部　<前100　次100>　最新50

ン。龍と仲良くできたらいいなぁ。

901:フルフルンゼンゼンマン（主）
>>897おまえはおれかｗｗｗｗ

902:NINJA（副）
>>897料理はスティールでちょろまかすでござる。そしてそっと懐に通常価格10倍のお金をねじ込んでおくでござるから安心なされよｗ

903:黄泉の申し子
>>898ロリっ娘ちゃん達とお兄さんの水に濡《ぬ》れたセクシーな姿が拝《おが》み放題だとでも言うのだろうかっ！

904:わだつみ
タスバル村の婆ちゃんが売ってる手作りきなこ飴《あめ》めっちゃおいしいよ！　めっちゃおいしいのにめっちゃ良心的な値段だし、結構量あるから！　ちなみに１個で満腹度＋５％だよ！

905:焼きそば
>>897本当、お兄さんウチに嫁来てくんねぇかなぁー。誰だよ！　あんなに家庭的で美人で妹達に優しくて妹達も可愛い最優良物件の

お兄さん放っとくの！　一目見たら結婚申し込めよ！

906:こずみっくZ
温泉街といったら温泉饅頭《まんじゅう》と温泉卵、楽しみだな～。

907:つだち
>>902温《ぬく》もり溢《あふ》れる手料理がなくなる代わりに懐があったかくなる、って安心できるわけねぇだろwww

908:夢野かなで
>>898温泉街とな……！　（ごくり）

909:さろんぱ巣
>>898水も滴《したた》るいいお兄さん。濡れた湯着が身体に張り付く妹ちゃん達。想像するとなかなかオツだね！　w

910:かるぴ酢
>>900仲良くできる種族とは仲良くなりたいよねぇ。折角《せっかく》ここにいるんだもん。戦ってばっかじゃ飽《あ》きるし。

911:黒うさ
>>909あうとー！

R&M攻略掲示板

912:魔法少女♂

>>909ちょｗｗｗ　発言ｗｗｗ

913:餃子

よし、此の花旅館の部屋空《あ》いてた！　泊まれるよ、やったね！

・

・

・

940:ヨモギ餅（同）

みんな、適当にブリッジでも開脚でもして聞いてくれ。俺はロリっ娘ちゃん達と同じ旅館に泊まっていたんだが、いつの間にか仲居をしていた。なにを言ってるのか(ry

941:こずみっくZ

温泉饅頭と温泉卵うまうま。

942:つだち

>>936もはやそれはオタサーの姫状態じゃねぇかｗｗｗ　やめれｗｗｗ

943:プルプルンゼンゼンマン（主）

なんで何百年と続いていそうな旅館の中にスパリゾートばりの温泉

書き込む　全部　＜前100　次100＞　最新50

施設があるんだ……！　(喜)

944:氷結娘

わーい。お兄さん達が温泉入りに来たよ！　いつもの格好《かっこう》もいいけど、湯着姿なのもやっぱり似合うね！

945:嫁《よめ》はメシマズ（同）

>>940ブリッジも開脚も無理ポw　うちの身体はゲーム仕様になっても柔らかくならない不思議www

946:コンパス

>>939あー、分かる分かる。例えるなら道端《みちばた》で犬のウンコ踏んじゃった、みたいな感じっしょ？　w

947:ナズナ

>>940がwちwでwはwたwらwいwてwるwんwだwけwどwww
女性の仲居さんばかりなのにwww　無茶しやがってwww
賄《まかな》いとかもらえるし、拘束《こうそく》時間は長いけど利のあるバイトだからね。なにより１回でもバイトするとコウセイ街の温泉宿、優先的に泊まれるし割引きも利《き》くからな。結構人気のバイトだし、悩んでる人はやるといいよ。

R&M攻略掲示板

948:かなみん（副）

>>941そうかそうか、おいしいか。えがったえがった（ほろり）

949:焼きそば

明らかに自分には着れそうにない湯着が、インベントリを通して装備すると測《はか》ったかのようにピッタリ！　これは現実でも導入して欲しい機能だ。まぁ、似たようなのはあるんだけどさ。

950:甘党

>>943皆で集まって今度、ポロリはシステム的にないけどロリコンだらけの大運動会しようず！　ウォータースライダー楽しそったから滑《すべ》りたい！

951:sora豆

はぁん。びばふふん、って歌うロリっ娘ちゃん達かわいいよぉ～。

952:こずみっくZ

豪華な伊勢《いせ》エビの活《い》け造《づく》りうまうま。タイの炊《た》き込みご飯もうまうま。こりゃうまうま牧場大盛況《だいせいきょう》だ。ヤバい。

953:空から餡子

>>946だいぶちがう。

書き込む　全部　<前100　次100>　最新50

R&M攻略掲示板

954:棒々鶏（副）

温泉はやっぱいいね！　日本人でよかったっていつも温泉入ると思う。たとえフレーバーテキストでしかなくても、効能がある気がするよ。

955:ちゅーりっぷ

>>951当たり前だろ！w　あと子供用の温泉プールで遊んでたロリっ娘ちゃん達と羊たんが可愛かったどす！　可愛かったどぇすっ！　大事なことだから何回でもいうからな！　www

956:かなみん（副）

そういえば、同盟申請してくれたギルドさんをさっき許可したから認証《にんしょう》された順に人が来ると思われ。ロリっ娘ちゃん達に害のないギルドか調べてたらちょっと時間掛かっちゃった。新ギルメンはもうちっと先になるよ！

957:白桃

ふむ、次からは新しい掲示板かのぅ。スレタイが楽しみじゃ。

書き込む　全 部　<前100　次100>　最新50

その後、様々な発言が入り乱れながら掲示板は続く。

◆　◆　◆

寝起きの俺は、昨日出したばかりの新品歯磨き粉で、しゃこしゃこしゃことのんびり歯を磨く。今日はなんかあったかなぁーとゆっくり考えつつ、冷たい水で顔を洗うと、頭がしゃっきり。

今日もいつも通りだ、うん。

朝食を作っている時に双子が慌てて起きてきて、洗面所を競《きそ》って使い出す。

朝食の準備が終わった俺は、トイレの順番でなぜか揉《も》める2人を笑いながら、ゴミ出しの準備。

それも終わると席に着いて、キンキンに冷えた飲み物をコップに注《そそ》ぐ。いつも思うが、洗面所とトイレの順番を逆にして、決めておけばいいのにな。

ようやく落ち着くと、妹達は元気に朝の挨拶をしながらリビングへ入ってくる。

「おはよう、つぐ兄ぃ！」

「おはよ、つぐ兄」

「あぁ、おはよう。さて、冷めないうちに食べちゃおうな」

「「いただきます！」」

「召《め》し上がれ。んで、俺もいただきます」


口に食べ物が入っていない状態でのみ和気あいあいとしゃべりながら、朝食を食べて……あ、ちゃんと噛《か》んで食べないと、腹《はら》が膨《ふく》れないぞ雲雀。

中学校は給食だから、お腹が減った時の常套《じょうとう》手段である早弁《はやべん》も買い食いもできない。と言うか、雲雀はお昼まで腹を鳴らさずにいられるんだろうか？

不意に浮かんだ疑問に答えをくれたのは雲雀ではなく、とても楽しそうな表情の鶲だった。彼女の表情を見れば、なんとなくだけど分かった気がする。持たないんだな。

少し雲雀が可哀想《かわいそう》になり、俺が食べようと手に持っていたレーズンバターロールを渡す。俺が食べさせてないんじゃないからな、雲雀が大食漢《たいしょくかん》なんだ。


「行ってきます～！」

「ん、行ってきます。つぐ兄、さっき言ったけど、今日は部活しないで帰る。顧問《こもん》の先生の都合」

「分かった。2人とも、車に気をつけて行ってこいよ」

「はぁ～い！」

そうだそうだ、今日の部活は無しか。

2人を見送った俺、夕飯を少し早めに作ることに決め、再度部屋を回って確認をしてからゴミ出しに向かった。

あとはいつも通りなので端折《はしょ》るとして、家事の合間にR&Mのことを調べよう。最近は掲示板とか見てなかったし、なにかいい情報があればいいんだけど。

◆◆◆

「ん？　本日限定釣り大会の参加賞で、にゃんこ太刀《だち》プレゼント？」

夕飯の準備も終わり、妹達が帰って来るのを待つ俺は、リビングでパソコンを開き、R&M攻略掲示板を覗いていた。すると、太字に赤で強調されたイベント情報が目に飛び込んでくる。

なんとも可愛らしい名前だけど、武士が持っているような刀だろうか？

地図と睨めっこしてみると、会場は温泉街コウセイの近場だと分かり、気になったのでもう少し詳しく調べてみる。

開催日時は現実時間で、昨日から明日までだな。毎日夜の7時から10時の間に、一番大きな魚を釣ればいいという、結構ズブズブなルールらしい。

参加賞も日替わりで用意してあるからか、好評ではあるらしいけど。

主催《しゅさい》は『池釣り愛好家』というギルド。場所は日本地図でいうと、茨城県の神栖にある神之池《ごうのいけ》ってところらしい。なんか神様がいそうな名前の池だな。

優勝したらゲーム内共通で使える旅館の宿泊券が5枚もらえ、なぜか海釣り用の釣り竿《ざお》ももらえるらしいぞ。

にゃんこ太刀についても調べてみると、どうやら俺の職業であるテイマーも装備ができる様子。

装備可能な職業として、武士や侍といった戦闘職と並んでテイマーと書かれてあり、違和感しかない。

その理由は妖刀《ようとう》だから、としか書かれていなかった。妖刀って、あの妖刀か？

うんうん頭を悩ませていると、いきなり声をかけられる。

「確か、にゃんこ太刀は鞘《さや》に描《えが》かれた猫又《ねこまた》達を使役《しえき》できる。最初にたくさんＭＰが必要だから、ＭＰが少ない武士や侍には無理。テイマーくらいしか使役できる職はない。物理攻撃力が強いから、使役できなくても、刀として普通にいい武器。あと、ただいま」

「⁉　うわ、ビックリしたっ」

「へへ。ただいま～、つぐ兄ぃ」

「お、お帰り……」

「ふふ、ドッキリ大成功」

　俺は随分と気を抜いていたらしく、面白いくらい盛大に驚いてしまった。

　バクバク早鐘《はやがね》のように脈打つ心臓の上に手を置きながら、いつの間にか帰ってきた双子に返事をする。

「今日の予定はコレだね！　つぐ兄ぃの武器が鞭《むち》からにゃんこ太刀になるとか、胸熱《むねあつ》だと思う」

「ん、胸熱。雲雀ちゃん、手洗いうがいしに行こう。つぐ兄驚かす計画は大成功だった」

「うんうん！　お腹空《す》いたもんね！」

　微妙にずれた2人の会話を聞きつつ、俺はパソコンの電源を落としてキッチンへ向かう。

　寄り道をせず真っ直ぐ帰ってきたので、夕飯を食べるにはいささか早すぎる。おやつを食べ、宿題をさせてから夕飯にすればちょうどいいはず。

きちんと手洗いとうがいをしてきた双子と一緒に、作っておいた大きなプリンを食べ、宿題をさせた。今日はどうやら漢字の書き取りらしく、俺の出番はない。

それから少しまったりして、夕飯にちょうどいいくらいの時間になる。

夕食後、２人がそわそわするなかゲームの準備。時間的には７時を過ぎた頃。

平日は１時間だけ、と言っているが、俺だって頭の固いお兄ちゃんとは呼ばれたくない。と言うことで、状況に応じていろいろと対応するつもりはあるよ、うん。

「よぉし、ファンタジーの世界へレッツゴー！」

雲雀の元気のいい掛け声と共に、俺もヘッドセットを被って横のボタンを押す。落ちる感覚に身を委《ゆだ》ねると、次の瞬間にはＲ＆Ｍの世界だ。

◆　◆　◆

あたりから穏やかながらも楽しげな話し声が聞こえてきて、俺はゆっくりと目を開く。

ゲーム内時間は、朝の９時過ぎなのでいつもより少し遅めだ。隣に妹達がいることを確認してからリグとメイを喚び出して、噴水広場のベンチに腰かけた。

「ええと、今日の予定は釣りをするよ。池は街から少し遠くて魔物避けの柵もないけど、滅多に魔物は出ないらしい……まあ要約すると、魚をいっぱい釣って食べよう、ってことだな」

双子もペット達も、全員がそわそわしているので、俺は話を適当に切り上げた。

「「おー！」」

(｀>w<)b
「シュシュッ」

(*￣ェ￣)ゞ
「めめっ、め」

「ははっ。じゃあ早速、行こうか」

元気の良い返事を受けて、俺はメイを膝の上から降ろして手をつないだ。

少し遠いと言ったが、歩いて10分くらいでたどり着くと思う。

温泉街の近くにある門から外へ出て、土を踏み固めて作られた道路をまったり歩く。

冒険者や商人の馬車が頻繁《ひんぱん》に行き来するので、盗賊や魔物などは出ない。

ヒタキからにゃんこ太刀について話を聞いていると、すぐに立て看板を持った釣り人らしきプレイヤーが見えてきた。

釣り人プレイヤーに釣り大会に参加する旨《むね》を伝えると、眠そうな表情から一瞬にして明るい表情になってテンションが上がった。

「おぉ、君達は参加者かね？　皆、３名様ご案内だ！　レッツ釣りライフ！　エディバディセイッ！　カモン！」

「「「レッツ釣りライフ！」」」

「……」

「ワァーンモアプッリィーズ！」

釣り人プレイヤーの声に呼応して、池の周りから聞こえてくる複数の声。

げ、元気なのは良いことだと思う、よ？

◆　◆　◆

借りた釣り竿は初心者向けなのか、太めの木の棒に糸が巻き付けてあり、浮きの少し先に返しのついた針がある極々《ごくごく》簡単なやつだった。

現実世界のようなきちんとした釣り竿は、職人でも作るのが難しく、値段が高い。その点このザリガニ用みたいな簡易《かんい》釣り竿なら、製作が楽で、壊してもその場で修理が可能だそうだ。

釣り人プレイヤーに手順を教えてもらいつつ、準備のできた妹達が元気のいい声を上げる。


「よぉし、じゃんじゃん釣るぞ〜！」

「お〜」

(＊・w・)b
「シュ〜！」

(≧ェ≦＊)

「めめ、め〜！」


ヒバリとリグ、メイは、さっき言った「魚をいっぱい釣って食べよう」という言葉に鼻息を荒くしているんだろう。ヒタキはいつも通り無反応だけど、内心は推《お》して知るべし。

多分騒がしくなるから、人気《ひとけ》のないあまり場所で釣りをするとしようか。

ちなみに、参加賞は思う存分楽しんだらもらえるらしいぞ。

さて、移動した場所は人気はないが、そんなにギルドの人達と離れていない絶好の場所だと言っていい。

外見《がいけん》のショボい釣り竿を握り、水面がキラキラ輝く池に針を投げ入れた。ポチャン、といささか頼りない音を立てて、いったん沈んだ浮きが浮かんでくる。

自分で参加を提案したけども、じっと待つのは忍耐力が試《ため》されそうだな。

「あの浮いてるやつがぴょこぴょこしだしたら、魚がご飯つついてるって証で、浮きが完全に沈んだら食べたってことだよ～。一気に釣り竿を引いて、針を口に引っかけるの！」

「ん、だいたい合ってる。口に引っかかったらこっちのもの。一気に糸を巻き取って引き上げる、と今夜の晩ご飯。涎じゅるり」

まったくピクリともしない釣り竿の前で、リグとメイ相手に熱心に釣り指導をする双子。これが結構面白い。

メルヘンチックな２匹と可愛い双子の真剣な様子を見て、ほっこりしないわけがない。たとえ身内贔屓《びいき》でシスコンの戯言《たわごと》だ、と言われてもだ。

チラチラ彼女達の姿を見ていると、俺の竿がクンッと引っ張られたので、よっこいしょ！と言った掛け声で引っ張ってみる。

お？　結構引っ張られる。腕だけで引き上げられると思っていたが、そんなことはなく、腰を落として一気に引く。

端《はた》から見れば、いきなりなにしてんだ、と言われそうなポーズだが気にしない。


【ビッグ偽《にせ》シュリンプ】

大きなエビに見せかけた、なぜかフナムシの仲間。不味《まず》くて食えないので食用にする人はいないが、とある魚の大好物。生《い》き餌《え》にすると吉。

【釣り人】ツグミ（プレイヤー）

当たり前ながら妹達が気づいたらしく、興味津々にこちらを見ている。

俺は、そんなにいいものではないな、と釣り上げたビッグ偽《にせ》シュリンプを見てため息。

釣り人プレイヤーから分けてもらった小さな生《い》き餌《え》を使い、数倍大きな生き餌を釣り上げたのと一緒だからな。まぁ、なにかしら釣れただけいいか。


「ツグ兄ぃ、これを元手《もとで》におっきな魚釣らなきゃ！」

「ん、がんば。釣りはまだ始まったばかり」

「しゅ、しゅしゅ～」

「めめ、めっめめ！」

「あぁ、頑張るよ。池の主釣っちゃうくらい」

ビック偽シュリンプを片手に持って黄昏《たそがれ》ていたら、いつの間にか2人と2匹が寄ってきて、励まされてしまった。そんなこと言われたら頑張るしかないじゃないか。

闘志に火が着いて、なけなしの気合いを振り絞《しぼ》る。実はこれでもキャンプには何度も行ったことがあるから、生き餌を釣り針につけるくらいは朝飯前なんだ。

妹達も先ほどの続きを始めたので、俺はもう1度池に糸を投げ込む。

釣りは忍耐との戦いだし、一回の残念な獲物で肩を落としてはいけない。

すると数分後、先ほどより確実な手応《てごた》えがあり、俺は嬉々として思い切り引き上げた。

これだけ引くのなら、きっと大物だろう。

【テラ偽シュリンプ】
大きなエビに見せかけた、なぜかカブトガニの仲間。えぐみが強く不味いが、食えないこともない。とある魚の大好物。生き餌にすると吉。
【釣り人】ツグミ（プレイヤー）

こ、これは……。

偽シュリンプが2連続とか、さすがの俺もがっくり肩を落として落ち込んでしまう。テラ偽シュリンプを握りしめ、落ち込んでいるとリグが慰めに来てくれた。

あぁそうだな、まだ2回しかやってないのに落ち込んでる場合じゃない。

小さいながらもきちんとした魚を釣り上げている双子を横目に、俺はリグの背中を撫でてからもう1度チャレンジする。

ビッグ偽シュリンプより数倍大きなテラ偽シュリンプを生き餌にし、池に投げ込んでしばらく待つ。その間、俺はリグに問いかけた。

「そう言えば、リグはなんでこっちに？」

(´;w;`)
「……しゅしゅ」

「あ……ご、ごめん」

(｀・w・)>
「しゅしゅ、しゅ～」

悲しそうなリグの鳴き声で理由はすぐに分かった。メイみたいに器用に動かせる手がないもんな、さすがに釣りは無理だ。

慌ててリグに謝ると、リグは気にしていないという感じの顔文字と鳴き声で許してくれた。

これでいっそう俺の闘志《とうし》に火が着いた……しかし、今度は引きが来なくなってしまう。

なぜだ？

すでに、釣り糸を池に垂らしてから1時間は経っている。

まさかもう食われたのか、と引き上げてみるも、きちんと針にテラ偽シュリンプはいる。

諦めにも似た気持ちで針を池へ戻し、もう少し待って引きが来なかったら、今まで双子とメイが釣った魚を使って簡単な魚料理を作ろうと思う。塩焼きとかおいしそうだ。


「つ、つつつ、ツグ兄ぃ！」

「引いてる、糸引いてる！」

悶々《もんもん》と料理のことを考えていると、いきなり妹達が大声を張り上げた。ハッとして釣り糸を見ると、これまでにないほどの引きだ。

俺は慌てて釣り竿を引き上げ……られなかった。これは俺が非力《ひりき》だからとか、そんな冗談も言えないくらいだ。

俺の慌て具合を見て、妹達だけでなく周りの釣り人プレイヤー達も手伝ってくれる。

なんだっけ、この状況なんかに似てるんだよ。あ、大きなカブが出てくる昔話だ。

俺達だけではきっと逃がしていただろうこの魚も、ギルドの人達にかかればちょっと強

敵、という程度らしい。

釣り竿の強化や釣り糸の強度アップがなされると……あら不思議、一気に引き上げられるじゃありませんか。

【大ナマズ】
まだ小ぶりサイズ。脂が乗っており、成長しきっておらず柔らかい身が絶品。池の主の大好物。生き餌にするにはちょっともったいない。
【釣り人】多数（多数の部分をタッチすると釣り上げた人達の名前が見れます）

２メートル以上ある大ナマズは、陸《おか》に引き上げられたことが気に食わないのか、ビッタンビッタン一生懸命跳ねている。

引き上げたら釣り人プレイヤー達は何事もなかったかのように解散し、俺は彼らの背中に慌てて礼を言った。

跳ねる大ナマズにメイが大鉄槌でとどめを刺し、俺のインベントリに収納してようやく一息つく。濃《こ》い時間だった。

いったん池から離れ、座って休憩を取ることに。俺はおもむろにインベントリから精神安定作用があるハーブティーを取り出し、皆に配って自分も飲む。

ううむ、どうしたものか……。

◆　◆　◆

「ツグ兄ぃ、ナマズ焼いて食べよう！　絶対おいしいと思うし！　ナマズナマズ！」

うんうん唸っていると、ヒバリが良いこと思いついたと言わんばかりの輝かしい笑顔で言い放った。なるほどその根拠《こんきょ》が分からん、だがヒバリらしい言葉だ。

「じゃあ、蒲焼《かばや》きみたいな感じでやろうか」

「やったぁ！」

俺もどうしたらいいか分からなかったし、彼女の言葉に従《したが》って準備をすべく立ち上がった。

そんなに喜んでもらえると嬉しいよな、と思いながら、インベントリを開いて蒲焼きに必要なものを取り出す。

大ナマズはもちろん、蒲焼きに大事なのは調味料だと思う。大体の分量は水を1として醤油1・5、砂糖1に酒0・5、みりん0・5だな。

このあたりはナマズの大きさによって変わるから、作るなら自分の力で頑張って欲しい。

そう言えば忘れていたけど、大ナマズを3枚におろす方が大仕事だよな。ナマズには頑《がん》固《こ》なぬめりがあって、それをいかに上手に落とすかがポイントになると思うんだ。

俺はとりあえず、ぬめり取りに用《もち》いられる塩を大量に使い、意外と丈夫な包装紙でクシャクシャと擦《こす》って頑張った。

そんなことをしていると、またしてもプレイヤー達が手伝ってくれた。

大ナマズは大きいので手伝ってくれたプレイヤー達全員に配っても、半分くらいは残るはず。なので、あまり食べられない……と肩を落とすことにはならなそうだ。

皆でわいわいナマズの解体ショーをしている横で、俺は大量の調味料を混ぜたタレを、鍋で煮《に》詰《つ》める作業に集中する。


(＊・ェ・)「シュシュ～」

(≧w≦＊)「めめ、めっめ～」


とは言っても1人ではなく、俺の足下にはリグとメイがいて、香ばしい匂いを嗅ぎながら、今か今かと待っている。

蒲焼きのタレは、とろみがついてきたところでいったん火から下ろし、以前買ったハケをインベントリから取り出す。

「ツグ兄、大ナマズの3枚おろしできた。刃の運び方の勉強、すごくなった」

「ツグ兄ぃ、今皆でおろしたやつ焼いてるよ。いっぱい食べられるから、すごい楽しみだよぉ～」

「こっちもタレが出来たぞ。何回も塗《ぬ》って焼いてを繰り返せば、ウナギとまではいかないだろうけど、おいしい蒲焼きが食べられるよ」

「蒲焼き～♪　蒲焼き～、かばかば♪」

ちょうどいいところに双子が来て向こうの準備が終わったことを教えてくれた。こちらもタレの準備が完了したことを伝える。

ヒバリがまたしても音程の外れた歌を歌い出すので、俺とヒタキは苦笑した。

確かにヒバリの鼻歌や歌は音痴《おんち》なんだけど、それだけじゃないんだ。聞いてるとこっちも楽しくなる可愛さがあっていいと思う。

俺達が苦笑するのは、なんと言うか……感覚的な問題でもあるからうまく言えないけど、家族だからだな。

「塗って」

「焼いて」

d(｀・ェ・´)b

「めっめ、めめめっめ」

「また塗って」

「また焼いて」

ヽ(＊・w・＊)ノ

「シュシュ、シュ～」

蒲焼きのタレが入った鍋とハケで楽しそうにしている妹達に渡すと、彼女達は喜び勇《いさ》んで3枚におろされた大ナマズの元へ行き、掛け声と共に焼いては塗ってを繰り返す。

彼女達の足下にはリグとメイもいて、掛け声と合わせるように、鳴き声を上げたり身体を揺らしたりしている。その姿はとても微笑ましかった。

香ばしい匂いがあたりに充満し食欲が刺激されるなか、おいしい蒲焼きを作ろうとしばらく焼いては塗る作業を繰り返すこと1時間。

ついに、上手に焼けた大ナマズの蒲焼きが出来上がった。

皆でひとつのことをやり遂《と》げるのは良いことだと、手伝ってくれた釣り人プレイヤー達と手を取り合って喜び、早速全員に蒲焼きを切り分けてムシャムシャする。

ナマズなので脂身《あぶらみ》が少なく淡泊《たんぱく》かと思ったが、ぷりっとした歯ごたえがあり、身からじわっとうま味成分が染み出し、蒲焼きのタレと合わさりとてもおいしかった。

『ムシャムシャ』と表現したのは、皆が一心不乱《いっしんふらん》に蒲焼きを食べていたからで、決して説明が面倒だったからではない。

パンやおにぎりを配るのに疲れたけど、楽しかったからいいか、と俺は小さく笑った。


【絶品大ナマズの蒲焼き】

上手に下処理をされた大ナマズとタレが奏《かな》でる絶妙《ぜつみょう》のハーモニー。蒲焼きとは一見シンプルな料理に見え、とっても奥の深い料理である。レア度6。満腹度＋20％。水中呼吸＋10分間。

【製作者】多数（多数の部分をタッチすると製作者達の名前が見れます）

「ええと、これが参加賞のにゃんこ太刀です。大ナマズの蒲焼きがおいしかったので、一番いいものを差し上げます。ここで装備していくかい？」

「……あ、はい。ありがとうございます」

大ナマズの蒲焼きを食べ終えると、皆はすぐに解散し、1人残ったプレイヤーからにゃんこ太刀を渡された。

どうやらネタ発言だったらしいのだが、俺はよく分からなかったので、適当に誤魔化しておく。

するとすぐさま、そのネタにヒバリとヒタキが反応し、楽しそうにしていた。

うん、俺は俺にしかできないことをやろう。

もらったにゃんこ太刀は結構きらびやかな作りをしていて、鞘の表と裏には、2本の尻尾を持つ猫が大きく描かれている。

レア度は7。付与《ふよ》効果は『切れ味の悪化《あっか》をちょっとだけ遅くする』で、俺も装備、使役ができる。

MPをどれだけ消費するのかは分からないけど、ポーションは数え切れないくらいあるからどれだけ消費しても大丈夫だ。

鞘から引き抜いて見ると、自身の映る綺麗な刀身に思わず魅入《みい》ってしまった。

テンション高くヒートアップしている3人に教えてもらいつつ、俺はスキル【魔力譲渡】でにゃんこ太刀にMPを注《そそ》ぎながら「テイム」と呟いた。

久々に聞いたピコンという音に気が抜ける。ウィンドウをよく見ようと……ん？　なんか書いてあるような……あ、やばいMPが足りないぞ！

「ヒバリヒタキ、MP足りない！　ポーション適当にぶつけてくれ、早く！」

「え、あ、う、うんっ！」

「ん、分かった」

どんどんＭＰがなくなっていく初めての経験に慌てる俺。

久しくそんな姿を見せていなかったので、妹達も慌てた様子でインベントリからＭＰポーションを取り出し俺に勢いよくぶっかけた。

うん、いい感じに回復してるな。現実なら頭からずぶ濡れなんだろうけど、リアリティ設定を低くしてあるから問題ない。

しばらくにゃんこ太刀を抜いた体勢で待っていると、先ほどと同じピコンという音が聞こえた。

ウィンドウを見ると、無事にテイムできたと書いてあり、俺はホッと胸をなで下ろす。


【テイミング成功！】

「にゃんこ太刀に宿《やど》る猫又レベル1（2匹）が、プレイヤーツグミの【テイム3／3】に加わりました。テイムした魔物を戦わせる場合、通常はPTの1枠《わく》を使う必要があります。しかし今回の魔物は武器に宿りますので、武器枠を使うことで、PTの一員として戦わせることができます。またスキル【一蓮托生《いちれんたくしょう》】により、2匹のステータスを合わせた7割が共通のステータ

スとなります。なおこの諸注意は初回時のみ表示されます』

『猫又レベル1の名前を入力してください』

ピコンの音と共に、テイミング成功を知らせるウィンドウが開く。見慣れてきたウィンドウだが、内容が見慣れないので、困った時のヒタキ先生に聞いてみた。

説明に出てきたスキル【一蓮托生《いちれんたくしょう》】は、掲示板にもあまり説明がないけど、どうやら魔物限定のスキルらしい。

ステータスは2匹の合計より少なくなるが、どちらかが生きていれば復活できるなど、メリットもある。

それより大事なことを忘れていた。折角仲間になってくれた猫又2匹の名前をまったく考えていなかったのだ。俺がこのイベントを見つけたのに、な。

猫又とは、猫が長年生きた結果変化《へんげ》すると言われる日本の妖怪《ようかい》だから、日本っぽい名前にしたほうが良いだろうか？

「名前、名前はどうすれば……」

「ツグ兄、名前、私達がつけていい？」

うんうん唸っていると、そっとヒタキが俺に寄ってきて、服をちょいちょい引っ張った。

俺は思わず、渡りに船だと言わんばかりの笑みを浮かべてしまう。あとで反省するが、とてもありがたい。

その間に俺は、名前を記入するウィンドウを開いたまま、リグとメイの頭を撫でて心を落ち着かせる。


「ん、小桜《こざくら》と……」

「小麦《こむぎ》！　いい名前でしょ、ツグ兄ぃ」

「……うん。いいんじゃないか」


ヒタキの考えた「小桜」は和風っぽく、きっとどんな猫にも似合うだろう。

だがヒバリの考えた「小麦」……俺はどうしてそうなった、と虚空《こくう》を見つめざるを得ない。

でも彼女が必死に考えたのなら、猫又にとってそれが一番の名前だと思う。

俺は空欄《くうらん》だったウィンドウの記入欄に、２人が考えた名前を打ち込み、ＯＫボタンを押す。

これで新しくテイムした猫又の名前は、小桜と小麦だ。

少し経つとにゃんこ太刀が輝き、ポンッと可愛らしい音がして、２匹の猫又が着地した。

真っ白な毛並みを持ち、２股の尻尾の先がピンクに染まっているので、きっとこちらが

小桜。

真っ黒な毛並みを持ち、2股の尻尾の先が黄金色《こがねいろ》に染まっているほうが多分だけど小麦。

2匹で1匹というだけあり、小桜は右目が金で左目が青、小麦は右目が青で左目が金という対照的なオッドアイ。

体格は普通の猫より大きいが、猫科特有のスマートな体型をしている。

「かっかわかかかわかわわ、かわ可愛いっ！」

「ん、すごく可愛い。にゃんにゃん」

(＊>ω<)(>ω<＊)

「「にゃーん」」

猫又2匹の姿が見えた途端、ヒバリが全身をプルプル震わせて悶《もだ》え出す。

それに同意するよう何度も力強くヒタキが頷き、とても嬉しそうに表情を崩した。

猫又は座り込む俺の側に寄ってきて、2匹で挟むと、すりすりと頬ずりしてくれる。これは甘えているというか、親愛《しんあい》の情を示しているというか、認めているってことで良いんだよな。

(≧w≦？)

「シュシュ？」

(?・ェ・)

「め?」

キョトン顔のリグとメイの頭を撫でてから、小桜と小麦の頭を撫でると、その手にもすり寄ってくれて俺も悶えてしまった。

今回のテイムでまた仲間が増えたので、ミィがいない場合でも、これまで危ないかなって避けていた場所にも行けるかもしれない。

まぁ小桜と小麦はまだレベル1だから、レベル上げしてある程度はこちらに追いつかせてから、ってことになるのは当たり前だけど。うんうん。

と、そんなことを考える前に、とりあえず2匹のステータスとスキルを見てみよう。前衛タイプか後衛《こうえい》タイプか、それだけで戦い方が変わってくるらしいし。

【個体】小桜・小麦

【種族】猫又

【Lv】1

【HP】150／150

【MP】4025／280

【スキル】

牙1／爪1／にゃん術1／MP吸収／

MPタンク／一蓮托生《いちれんたくしょう》

【主】ツグミ

【○活動／休眠《きゅうみん》】

……なんかMPが上限を超《こ》えてとんでもないことになっているけど、心当たりはある。

【MP吸収】と【MPタンク】のスキルが作用して、こんなことになったんだろう。

ほら、テイムする時に滅茶苦茶《めちゃくちゃ》MP持っていかれたから。

それより、この【にゃん術】ってなんだろう。

にゃん、って言うくらいだから、猫系魔物専用のスキルなのだろうか？

「ヒタキ。小桜と小麦のスキル欄に【にゃん術】って書いてあるんだけど、想像つくか？」

「にゃんにゃん。ツグ兄にゲームで聞かれたこと、全部胸張って教えたいけど、これ分からないにゃん。んーと、小桜と小麦に直接聞いたほうが早い。きっと」

どうやらヒタキでも分からなかったらしく、首を横に振られてしまった。

俺の左右に陣取る小桜と小麦へ視線を向けると、「分かった」とでも言いたげに2匹は俺から離れ、互いに会話をするようににゃんにゃん言い合う。

すると魔法陣のようなものが現れ、優しく輝いたかと思うと、強い風が吹き、池の上をなにかが弧《こ》を描いて滑《すべ》っていく。それは不可視《ふかし》なものらしく、まったく見えなかった。

俺達が唖然《あぜん》としているのにもお構いなしで、2匹は次々とにゃん術を披露《ひろう》していく。

不可視の攻撃にゃん術、HPをちょっと回復するにゃん術、バフと呼ばれる、ステータスをちょっと上昇させるにゃん術。

ヒタキ先生の見込みでは、多分だけどオールラウンダー系の魔法、とのこと。物理攻撃特化な俺達のPTではありがたい。

俺が二次職になってやっと無属性魔法を覚える頃には、すでに小桜と小麦は無双《むそう》してるのか。な、泣いてないぞ。

「なるほど、よく分かった。これからよろしくな、小桜に小麦。頼りにしてる」


(＊・ω・)人(・ω・＊)


「「にゃんにゃにゃ、ににゃん」」

嬉しそうにすり寄ってくる小桜と小麦の頭を撫でて立ち上がる。

もう釣りはしないのだし、コウセイの街へ帰ろう。

まだ時間もたっぷりあるし、他にやりたいことがあればできるはずだ。

街に戻る旨をヒバリとヒタキに伝えると、彼女達も頷いて一緒に歩き出す。

なにからなにまでお世話になった釣り人プレイヤー達にお礼を言い、俺達は湖を後にした。

今度は川か海で釣りをしてもいいかもしれない、そんなことを思いながら、のんびりと踏み固められた道を歩くこと10分。

何事もなくコウセイにたどり着き、いつも通り噴水広場のベンチへ。

リグは俺の肩にしがみついているから良いとして、自分でベンチに座れないメイは俺が抱き上げてやる。

新しくテイムした小桜と小麦は、俺の両脇に座ったヒバリとヒタキの膝の上に、身軽に飛び乗った。見た目は少し大きな猫なので、膝の上がよく似合う。

重くないか聞いたんだけど、まったく重くないという回答が、デレッデレの表情の妹から返ってきた。

「まだ半日くらいしか経ってないから、いっぱい時間はあるよねぇ〜。やっぱレベル上げ？」

「小桜と小麦がレベル1だからな。どこか他に行くにしても、ちょっと不安だ。あと今日は1日な」

「ん、いろいろ分かった。了解」

ベンチにのほほんと座りながら、俺達はいつものようにまったりしゃべる。

やっぱりまず必要なのは、テイムした小桜達のレベル上げだろう。

2匹で1匹の扱いだとしても、別々の意思があるから、戦闘も有利だと思う。あの不可視の攻撃にゃん術を使っていれば、妹達の言う「ずっと俺のターン」になるようだし。

その後は、作業場に行って少なくなった料理の補充かな。あまった大ナマズの切り身を使ってなにか作ったりしたい。

そうと決まれば、まずはレベル上げをすることになり、ベンチから腰を上げてギルドへ向かう。

レベル上げのついでにギルドのクエストを済ませてお金も稼《かせ》ぐわけだ。なにかとお金は必要だからな。

ヒバリが小麦を、ヒタキが小桜を抱き、洋風と和風建築が混在した通りを抜け、ギルドへ入っていく。

俺もメイの手を握り、彼女達に続いてギルドの中に入った。


「なにか稼げるのないかなぁ～？」


ヒバリの呟きを聞きつつクエストボードに目を向ける。

NPCの住民が出しているクエスト……特に温泉街での手伝いが多く、俺達のようなプレイヤーが出しているクエストは少なかった。

やっぱり討伐クエストが無難《ぶなん》かな、と考えたものの、これまでの街のギルドと代わり映《ば》えしないものばかりだった。大して距離が離れていないから仕方ないんだろうけど、数種の魔物が入れ替わっただけで目新《めあたら》しい魔物はいなかった。

様々な魔物を見たかったら、ダジィンでダンジョンに行くのが良いかな。他の手段は知らん。

うろうろして悩んでいるヒバリとは対照的に、ヒタキはすぐにクエスト用紙を３枚ペリッと剥がして俺に差し出した。

「稼げるの、稼げるの……ええと、これと、これ、あとこれがいいかも」

「これは、スライム系の討伐、ゴブリン系の討伐、あと珍しいな。野草の採取《さいしゅ》？」

「ん。温泉饅頭に入れたり、温泉の湯船に入れたりするから、普通よりいい値段で買い取ってくれる」

「へぇ、なるほど」

討伐クエストに混じり、ヒタキが選んだにしては珍しく収集クエストがあった。理由を聞いた俺は思わずなるほど、と頷いてしまう。

ヒタキから受け取ったクエスト用紙３枚を手に、俺は一番空《す》いている受付で手続きを済ませた。

ギルドの知り合いなんてサラさんしかいないし、さっさと終わらせるに限る。

あ、今度サラさんに会ったら、ゴッデス教会のクエスト報酬についてとか聞きたいことがいろいろあるな。

さて、受付を終えた俺は、他の冒険者の邪魔をしないようギルドの隅《すみ》で待ってもらっていた妹達と合流した。


「よし、行こうか」

「ん、行こう。レベリングは大事、だから」

「よぉし、いっちょ頑張っちゃうよぉ〜」

「無理はするなよ、安全に。安全にだぞ」

「ん、大丈夫。任せて」


準備が終わったなら早速といった感じで、双子はギルドの外へ足を向け、俺もそのあとを追う。コウセイの周辺も人の手が入っているからか、あまり魔物がいないのだとヒタキが言った。

頼もしい仲間が増えたから大丈夫だと信じ、森を探索するらしい。

ヒタキのスキル【気配探知】があるし、滅多なことでは魔物に先手《せんて》を取られることはない。

コウセイの街から出てすぐ近くにある森に入ると、内部は静まり返っていた。やっぱり奥に行かないと魔物はいないか。

開発されすぎなのも考え物かもしれない。ＮＰＣの住人は安心なんだろうけども……プレーヤー冒険者としては悩む。

そんなことを思っていたら、実は魔物がいたらしく、器用に俺の足にじゃれていた小桜と小麦がいきなりにゃん術で木をなぎ倒し、俺達は呆気《あっけ》にとられてしまった。


「……小桜、小麦、広い場所以外でそれ禁止」

「「にゃふにゃ」」


（´・ω・）（・ω・｀）


鳥が一斉に飛び立ち、轟音《ごうおん》を響かせながら倒れていった木を見て、ポツリとヒタキが一言。

これ、魔物のボスを呼び寄せたとか、森林破壊とかいって、街の人から大目玉を食らわなきゃいいけど。

ヒタキの一言で、小桜と小麦はしょんぼりしてしまった。２匹のことは、目を覚ましたリグとメイに任せようか。

俺はなぎ倒された木が消える前に触れて、インベントリにしまっていく。

あとから思えば俺も俺で混乱していたな。なぎ倒された倒木《とうぼく》、というアイテムを手に入れてどうするかは不明だ。

かなり大きな音を出してしまったので、魔物達が集まる前に移動しようと言ったヒタキに従う。

しばらく森の中をさまよっていたんだけど、音に驚いていなくなったのか、滅多に魔物は姿を現さなかった。

うーん。どうにか討伐クエストは達成できそうだが、小桜と小麦のレベル上げはまた次回かな……。

逆にそのおかげで、野草集めははかどりすぎたと言ってもいい。

現実世界なら一気に根までむしるのではなく、半分くらいを残しておけばまた成長して収穫《しゅうかく》できる。ここはゲーム世界だから意味はないかもしれないけど、一応そうするよう妹達に言っておいた。

ちなみにリグやメイ、小桜と小麦は周囲の警戒。

メイはかろうじて採取できるかもしれないが、リグや小桜達は草をむしることができないからだ。適材適所《てきざいてきしょ》ってやつだな。

自身のインベントリと睨めっこしたり3人で相談したりしつつ、これくらいでいいだろうとなった時点で、一心不乱に草むしりをしている妹達に歩み寄る。

野草は劣化《れっか》しないから大半を自分用にしても、クエスト用は十分に集まった。

俺が声をかけると、草むしりをしていた2人は手を止めた。ヒバリが思い切り伸びをして、「凝《こ》った〜」と言いながら肩や腰をトントン叩く。

「んん〜、腰が痛い気がする。体力はあるから精神的なもののはずなんだけどねぇ〜」

「ん、お疲れ。これだけあれば、ギルド持ってくと良い値段で売れる。うはうは」

「あぁ、お疲れ様。そろそろ街に帰ろうか？」

「ふぁ〜賛成！」

ヒタキは自分のインベントリを眺めながら、かすかに口角《こうかく》を上げた。

確かにこれだけあれば、良い値段で売れて俺達はウハウハできる……かもしれない。

全員が集まったのを確認し、街へと歩き出す。


「そう言えば、コウセイの街には言い伝えがあるらしくてね、コウセイって日本だと神栖になるじゃん？　だから神が住んでるんじゃないかって。まぁアクエリアで女神と直接会ったことのある私達がなに言ってんだ、って感じだけど」

「それなら、さっき釣りした池も……日本だと神之池だから、神が住んでるかもな。上手くすれば神が釣れたかもしれないぞ」

「うぉ、マジで？」


ヒタキ、小桜、小麦の先導で、俺達は森の中の道なき道を進んでいる。

周りには強い魔物がいないし、スキルのおかげで迷子になる可能性は限りなく低い……

という頼もしいお言葉をヒタキからいただいた。

俺とヒバリは楽できるので、おしゃべりが弾《はず》んでしまう。

道中、みの虫のような魔物やリグに似た蜘蛛の魔物が、狙いすましたかのように俺の頭上に降ってきたりど、俺は元気です。

降り注いできた魔物には丁重《ていちょう》にお帰りいただき、どうにかコウセイの街に着くと、俺の心配は杞憂《きゆう》に過ぎなかったことを知る。

小桜と小麦が近くの森で、あんなに大きな音を立てて木をなぎ倒したというのに、街は平穏《へいおん》そのものでちょっと拍子《ひょうし》抜けしてしまった。いや、騒ぎ立てて欲しいとか全然思っていないから良いけど。

とりあえず大量に採取できた野草を換金《かんきん》すべく、一直線にギルドに向かう。

魔物討伐の報告と、採取した野草の提出をすると、担当者がこのギルドの最高記録だと教えてくれた。

無表情ながらとても楽しそうな声音《こわね》でヒタキが呟き、俺を見上げて首を傾げた。

「ん、このギルド最高記録。野草摘《つ》みのプロ？」
「……違うと思うぞ、多分だけど」

プロじゃないから一応否定はしておこう。実はまだあるんだけど、受付の人にそう言ったらきっともっと驚いてくれただろうな。

とまぁいろいろとあったけど、いつも通りFランクのクエストクリアの数字が3つ増えたのを確認して、噴水広場のベンチへ。

妹達は美紗ちゃんがいる時にこの街を堪能したいらしいので、おのずとやれることは絞られてくる。

良い匂いのする蒸《ふ》かし饅頭の屋台を物欲しそうに見ていたヒバリに、「食べても良いんじゃないか？」って言ったんだけど、美紗ちゃんと一緒じゃないとおいしくない……と。難儀《なんぎ》な性格だな、と苦笑して俺は思案する。もう遊び場に行く時間はないし、考えられることはひとつだけか。

大豆や醤油といった新《あら》たな食材も手に入ったから、それを料理すればヒバリも喜ぶし、そうすれば俺も嬉しくなる。

そうと決まれば早速2人に相談だ。

まぁ俺が料理するよ、って言って拒否《きょひ》されたことないんだけどね。

「やっほい、ツグ兄ぃの料理タイム～」

「なにか買って行く？」

「んー、そうだな。適当に見繕《みつくろ》うか……」

俺の提案に嬉しそうな表情を浮かべたヒバリは、小桜をギュムッと抱きしめつつ、ベンチから立ち上がってその場でクルクル回り出す。

嫌がる様子はまったくないけど、小桜にしてみればとんだ災難《さいなん》だったろう。

俺とヒタキで目的の店を探し、そこを目指す。

リグは俺のフードの中にいて、メイは俺と手をつなぐいつものスタイル。

野菜に果物、きのこに調味料とその他諸々。いつも通りNPC露店の商品ウィンドウを眺めながら、安いものを吟味《ぎんみ》し、お財布と相談しつつ購入していく。

それが終われば作業場へ。

今回は3階じゃなくて4階だから、景色もいつもよりは良いはず。

「これと、これ、あとは手伝って欲しくなったら呼ぶからそのつもりで。仲良く食べるんだぞ」

「ん、監視《かんし》は任せて、ツグ兄は料理を作る作業に入るんだ。ツグ兄をあますとこなく見るから大丈夫」

「……ま、任せた」


テーブルにティーポットやティーカップ、残り少ないお菓子類を載せ、一番冷静でいてくれそうなヒタキにお願いした。

お菓子以外も全体的に少なくなったから、いっぱい作らないと。

俺が今一番活躍できるのは料理だけだからな、頑張るぞ。

ヒバリやヒタキより、リグやメイ、小桜や小麦を気にかけないと、とも思ったが、まったくの杞憂だった。双子と４匹で、ほのぼのお茶会が始まる。

俺も仲間にすごく入りたいけど、今は料理だ。料理が出来れば、もっと可愛らしい２人と４匹が見れるんだ。

俺は理性を総動員し、戦地へ赴《おもむ》く戦士のような気持ちで調理台へ向かう。

「……んん、そうだなぁ」

俺はウィンドウを開き、インベントリにある食材と睨めっこ。できるだけ前に作ったものとは被らないようにしたいけど、おにぎりやパン類は仕方がないか。

早速ヒバリとヒタキを呼んで、一緒におにぎりとパンを大量に作る。

丸っこいおにぎりになってしまうのがヒバリで、たわら型になってしまうのがヒタキ。ちなみに今はいないが、ミィはなぜか四角だ。

作り終えると彼女達はテーブルへ戻り、俺は次なる料理に頭を悩ます。時間はたっぷり取ってあるから気にしなくていいけど、手際が悪いとちょっと格好良くないよな。

まぁ悩んでる暇があれば作れ、って感じか。

スキルレベルが上がったおかげで、現実ならあり得ない手抜きしても大丈夫だし。


「これと、これ……あとこれもか」


インベントリから次々と食材を取り出し、調理台の下にある調理器具も取り出して台に並べる。

インベントリの中は鮮度《せんど》を気にしなくても良いのだけれど、生鮮《せいせん》食品っぽいのから使いたいと思うのはいつものクセか。

捌《さば》きたて新鮮な大ナマズの切り身を前に、俺はまた悩む。蒲焼き以外の料理にしたいが、唐揚《からあ》げはいささか芸がないような気がするんだよな……。

あ、そうだ。パンに挟んでもご飯の上に載せてもいける、照り焼きにしよう。

用意するのは大ナマズの切り身に塩とお酒、醤油にスライムスターチ、油にみりん。お好みで七味や山椒《さんしょう》を用意しても良いかもしれないけど、嗜好品《しこうひん》だから俺達にはまだ手が届かない。

ええと最初は大ナマズの切り身を軽く洗ってから塩を振り、10分くらい置いておく。

その間に砂糖、醤油、みりん、酒を混ぜ合わせる。

大ナマズの切り身から水分が出てくるので、便利アイテムと化している包装紙で拭き取り、3～5センチ角程度に切り分け、酒を振りかけ更に5分くらい漬けておく。

こういう手間暇《てまひま》が料理の味を決めたりするので、面倒だと思わずやって欲しい。

酒やらなんやらの水分を包装紙で軽く押さえ、身をバットに用意されていたスライムスターチにつける。

フライパンを油を敷いて熱しておき、中火くらいの火で大ナマズの切り身をソテーする。

普通ならナマズの身は柔らかいからしばらくいじらない方が良いんだけど、大ナマズはしっかりしているので、ちょくちょく見ても大丈夫だよ。

全体的にきつね色になるよう、大ナマズがカリッと焼けたら余分な油を三角に折った包装紙でふき取り、混ぜておいた調味料をフライパンの周りから回しかける。

しばらく煮詰めながらフライパンを揺すり、照りが出てくればこれで終わり。


【絶品大ナマズの照り焼き】

贅沢《ぜいたく》な醤油をふんだんに使った、甘辛ダレの大ナマズの照り焼き。下処理が上手く、大ナマズ最大の難点であった魚臭さのない一品。レア度5。満腹度＋14％。満足度特大。

【製作者】ツグミ（プレイヤー）

「うん。味付けも良い感じだし、大ナマズはいったんこれで良いか。さて次は……味見するか？」

「したい！」


出来映えの良さに俺は満足して頷き、大ナマズの照り焼きを皿に移す。

ふと隣を見ると、本当に涎を垂らしそうになって照り焼きの皿を眺めるヒバリがいた。

そんな彼女の姿に苦笑しつつ、俺は小皿にひとつだけ照り焼きを載せて差し出した。

◆　◆　◆

ヒバリから大ナマズの照り焼きを絶賛《ぜっさん》され鼻高々《はなたかだか》となった俺は、次の料理に挑む。

今回買った食材の中には、魔物を原料として使った加工食品などもあり、どう使えばいいのかまるで分からないものもある。少し調子に乗って買いすぎた、と俺は反省した。

分からないものがあるならヒタキ先生に教えてもらえば良いし、ヒタキでも分からないものなら攻略掲示板の人達に聞けば良いか。

それでも分からなかったら、手探《てさぐ》りで正解を当てていけばいい。

無難な味付けにすれば多少強引な料理の仕方でも大丈夫、なはず。

悶々《もんもん》と考えていたら、食材の名前から掲示板で調べてくれたヒタキが教えてくれる。

「名前が変わってるだけの普通の食材、魔物の食材、よく分からないもの……結構情報集まった」


【しなびた人魚の尾ひれ】

とある漁村に流れ着いた、しなびた人魚の尾ひれ。ある程度大きく、量もあるのでなにかに使えそうではある。本当に人魚の尾ひれなのかは不明。

【乙女キノコの石突き】

恋する乙女が意中の相手をしとめる時、このキノコを使ったという戯曲《ぎきょく》は世界的に有名。傘《かさ》

の部分は薬、軸《じく》の部分は錬金素材、石突きの部分は料理に重宝《ちょうほう》されている。

【あまたつの欠片】

あまかけるたつのこの一部。用途《ようと》不明。


ヒタキから教えてもらって印象に残ったのはこの3つだが、他にもいろいろ買ったよ。

胸を張ってどことなく自慢げな彼女の頭をわしゃわしゃ撫で、俺は少し考える。

しなびた人魚の尾ひれ、これは多分ひれ酒のような扱いでも良いと思う。魚類のひれだから。

人魚を魚類扱いするとはなにごとだ！　って怒る人もいるらしいが、よく分からないし俺は知らない。

乙女キノコの石突きは本当に石突きの部分なので、ちょっと扱いに困る。フレーバーテキストが荒《あら》ぶっているというか、いろいろ面白いので良しとしよう。

土の付いた部分をどうにかできれば、肉厚《にくあつ》でとても良い香りがするから、おいしいものが作れそうだ。

そして最後のあまたつの欠片、これはどの掲示板にも書かれていない珍品《ちんぴん》らしい。もしかしたら後々化けるものかもしれないし、NPCの露店に置いてある時点でお察しのものかもしれない。

まぁ、量はそこそこあるので適当に試せば良いか。適当にしても、ヒバリ先生が昔作り上げた暗黒《あんこく》物質（笑）よりマシな料理を作れる自信があるからな。ヒバリには絶対に言えないけど。

「ううん、どうしようか……」

オークの肉は滋養強壮《じようきょうそう》に良いみたいだし、黄色く丸いマンドラゴラの実は酸《す》っぱいらしいのでソースに使ってみたらどうだろう？

大丈夫だと言ってはいても、悩むことは悩む。普通の料理を作っている間、適当に混ぜてみよう。

そうと決めたら早速インベントリを開き、大量のスライムスターチ、塩を取り出す。

オークの肉と乙女キノコの石突きを使って春巻きにでも。春巻きにすれば、いつでもどこでもお手軽に食べられるからな。

まずは、市販のものなんてないので春巻きの皮から手作りしようと思う。と言っても簡単に作れるよ。

ボウルの中にスライムスターチと塩を入れ、水を少しずつ入れがらダマにならないよう混ぜる。それが終わるとフライパンで油を熱し、ある程度温まったら弱火にする。

混ぜてある生地を下にあったヘラでフライパンになるべく薄くなるよう伸ばし、表面が白っぽくなって端が浮いてきたら、ひっくり返して反対側も同じように焼く。

焦がさないように気をつけ、大量に作れば皮は準備完了。

と、ついでにしなびた人魚の尾ひれを水の入った鍋に適当に入れ、フライパンの隣で火にかける。これならしばらく放っといても良いし、煮込めば煮込むほど良い出汁《だし》が出てくる……はず。

尾ひれ、良い魚介《ぎょかい》の出汁が出そうな匂いがするんだよな。長年やってきた主夫の勘《かん》が、これはイケるって告げてるんだ。

しめじ、えのき、マッシュルーム、乙女キノコの石突き、オークの肉、豚挽き肉、ウサギの肉、しょうが、先ほど作った春巻きの皮、スライムスターチ、塩とコショウを用意。

量が微妙にしかないあまりものを使うには絶好の機会なので、このチャンスは逃さないぞ。

包むだけだったらヒバリやヒタキにお手伝いを頼んでも大丈夫そうだし、具も大量に作ってしまおう。

キノコ類を粗《あら》めのみじん切りにし、先ほど使ったフライパンでしんなりするくらい炒めておく。しょうがは千切りにして3種のお肉、スライムスターチ、キノコ類、塩とコショウ少々を加え良くこねる。あ、忘れてたけど、大きめのボウルの中で。

ここでヒバリとヒタキに手伝ってもらい、春巻きの皮をさっと水に潜《くぐ》らせて１枚ずつ巻いていく。大量に作ろうとすると結構な重労働だから、大勢で作ると良いよ。ちょうど良いタイミングで具と皮がなくなり、自画自賛しつつヒバリとヒタキにお礼を言う。

次は大きなフライパンを出してその中にちょっと多めの油を入れ、弱火と中火の間くらいの火をつけ、油から泡がふつふつしてきたら春巻きの綴《と》じ目を下にして入れる。

ひっくり返しながら好きな焼き色まで揚《あ》げ、両面がパリッとすれば焼き上がり。

【恋する乙女の無敵春巻き】
滋養強壮《じようきようそう》に良いものばかりを詰め込んだ春巻き。どんな恋敵《こいがたき》でも打ちのめせる、そんな思いがつまっている……気がする。あくまでも気がするだけ。レア度７。満腹度＋９％。10分間状態異常無効。
【製作者】ツグミ（プレイヤー）

「いっぱい揚げすぎたか……？」

調理台を大量の料理が占領《せんりょう》しているのを見て、思わずそう呟いた。でも、足りないより多いほうが役に立つはず、そう自分に言い聞かせ頷く。

そして端に置いてあるしなびた人魚の尾ひれを入れた鍋を覗いてみると、いい具合に沸《ふっ》騰《とう》しており、良い魚介の匂いが立ちこめていた。

調理台の下から小皿を取り出し、少量飲んでみると結構良い感じ。

ロールキャベツに使った広口の水筒も食べたから空《あ》いているのが多くなったし、ブイヤベースでも作っておこう。

ちょっと高かったけど、近くに海があるからいろいろ魚介類も手に入ったんだ。

用意するのはにんにく、たまねぎ、セロリ、にんじん、トマト。エビやイカ、ホタテやカニ、好きな魚などの魚介類。油、塩コショウ、そして先ほど完成したばかりの、おいしいおいしい魚介スープ。

とりあえず、しなびた人魚の尾ひれはもうなににも使えそうにないくらいアレなので、菜箸《さいばし》で丁寧に取り除いておく。

にんにく、たまねぎ、セロリ、にんじんはみじん切りに。

まだ片付けていなかったフライパンに油を入れて熱し、まずはにんにくを炒める。次にたまねぎ、にんじん、セロリの順でじっくり炒める。

料理スキルがあれば順番はどうでも良いかも？

炒め終えたら、魚介類や適当な大きさに切ったトマトと一緒に、魚介スープが入った鍋の中にドーンと入れて欲しい。あとは塩コショウで味を調《ととの》えれば完成。

コンソメがあれば良いんだけど、ここでは再現がちょっと難しいと思う。多分。

あまり作ると俺のレパートリーがなくなるので、今回はこのくらいにしておこう。今から楽しいお片付けタイムだ。

【魚介祭りのブイヤベース】
これでもかと言わんばかりに海の恵みを盛り込んだブイヤベース。隠し味のしなびた人魚の尾ひれがいろんな意味でいい味を出している。いろんな意味で。レア度５。満腹度＋17％。
【製作者】ツグミ（プレイヤー）

◆　◆　◆

楽しい楽しいお片付けタイムは自主的に手伝ってくれた妹達の働きもあり、想定していたよりも早く終わった。

家事を手伝ってくれるのはありがたいんだけど、まだまだ手の掛かる妹でいて欲しいな。

彼女達の成長は嬉しいけど、成長したってことは俺の側から離れてしまう時期が早……って、今はこんなこと考えてる時ではなかったな。

「これは味見、是非とも感想を聞かせてくれ」

「ふぉっ、おいしそう！」

「良い匂い。食べる前からおいしいと確信」

俺は邪念《じゃねん》を振り払うと広口水筒を取り出し、小さなカップに作り立てのブイヤベースを注いで皆に配った。

和気あいあいと食べ出す双子とメイに、小桜と小麦。

俺はリグを膝に乗せ、カップを差し出した。最近ずっとリグがフードの中にいて、触れ合っていなかったしね。

小桜と小麦は、この中で一番上品にブイヤベースを食べていると言っても過言《かごん》ではない。どことなく上機嫌なリグの顔文字を見ながら、俺も一口。

ふわっと香る魚介の匂いに、しっかりと味が染み込んでいるのに、本来の味が損《そこ》なわれていない野菜。これは自画自賛しても良い出来だ。皆にお裾《すそ》分《わ》けできないのが残念なくらい。

あ、そう言えば今後、ギルドを介してアイテムなどを売り買いする機能が実装《じっそう》されるとか、なんとか。最近お知らせ見てないから、よく分からないけど。

「ううん、やっぱりツグ兄ぃの料理は絶品だね～」

「ん、どこに嫁に出しても恥ずかしくない」

「ヒタキ、俺は恥ずかしいぞー」

「気にしない気にしない」

「気にしちゃいけないんだよ、ツグ兄ぃ」

「えー……」

小さめのカップを持ちながら感嘆のため息をつくヒバリに、いつもの発作《ほっさ》が起きるヒタキ。

ヒタキの言葉に突っ込んでから、カップを集めて洗浄《せんじょう》し、インベントリにしまった。

濃い1日だったから忘れていたけど、ゲーム時間であと1日残っているはず。ちょっと時間の感覚があやふやになるから、気をつけないとな。

ふと窓の外を見れば、帰ってきた時はまだ明るかったのに、もう暗くなり始めている。

「今日はもう寝て明日に備えるか？」

俺の問いかけに双子はピタッと動きを止め、膝の上に乗っていた小桜と小麦は不思議そうに首を傾げた。あ、これは俺と一緒でうっかりしてたな。

タイマーも忘れるくらい気が緩んでいたから、ちょっと反省しておこう。

苦笑した俺がもう1度同じように問いかけると、そこで妹達は頷いた。

俺達は作業場から出て適当な宿屋を探す。

この前泊まったところでも良いけれど、どうせならいろんな場所に泊まっておきたい。情報がたくさん掲示板に書いてあるから気になるんだよな。

あたりは薄暗くなってきたのに温泉街の人々はまだまだ元気なようで、気をつけなければ迷子になりそうなくらい人が行き交っている。


「じゃあ、次はこの旅館。温泉が個室にもあるから、家族連れとかに人気。行ってみる？」

「もっちろんさぁ～！」

「ん、じゃあそこに向かう」


今回泊まる場所は街の入り口から徒歩数秒、前回泊まったところより随分こぢんまりとしているが雰囲気の良い旅館だ。

海がとても近く、食事は海鮮尽くしだった。運送に手間が掛からないから、海産物が安いんだろうな。ということは、山間部の旅館に泊まったら山菜とかいっぱい出てくるよな……って、当たり前か。ちょっと楽しみだ。

ええと、家族風呂にゆっくり浸かったことを除けば前回の旅館と同じなので、ざっくりカットさせてもらう。

ヒバリが料理を食べて感動し、ヒタキが家族風呂にあった石鹸《せっけん》で転んだけど、なんかよく分からない動きをして無傷だった。

いつも通りなのか違うのかよく分からないけど、そんなこんなで次の日。今日こそは小桜と小麦のレベル上げだと、皆で誓《ちか》い合った。

「今日1日を使い、小桜と小麦のレベル上げをするよ！　少し作業っぽくなるけど」

旅館の支払いも終わり、皆で外に出てからヒバリの一言。

金策も兼ねているのでギルドで討伐の依頼を受けてから、ヒバリの言葉通り小桜と小麦のレベル上げをさっくり始める。

小桜と小麦以外のメンバーは周りの魔物より少し高レベルなので、2匹にひたすら魔物を倒してもらうって言う簡単なお仕事をしたよ。この流れ、ゲームを始めた頃を思い出すなぁ。

ギリギリまで粘《ねば》って、小桜と小麦はレベルが21まで上がった。

２匹で１匹の扱いだから、いちいち個体の名前を言わなくても良いんだろうけど、俺の気が済まないからな。

ちなみに２匹のスターテスはこんな感じ。

REAL&MAKE
リアル アンド メイク

【個体】小桜・小麦
【種族】猫又
【Ｌｖ】２１
【ＨＰ】３５１／３５１
【ＭＰ】１４２６／５４８
【スキル】
牙８／爪１１／聴覚《ちょうかく》６／暗視《あんし》１／
にゃん術２２／ＭＰ吸収／ＭＰタンク／
キャットウォーク／一蓮托生
【主】ツグミ
【○活動／休眠】

REAL&MAKE
リアル アンド メイク

こうして最終日は慌ただしく過ぎていく。

コウセイに戻ったら、まずはギルドに討伐報告して報酬もらい、時間がないからヒバリの魔法とＭＰポーションで回復させた。

今日はあまり構ってあげられなかったリグやメイを、双子と共に構い倒して、なにかやり忘れたことはないかを最終確認してからログアウト。

◆　◆　◆

目を開けば見慣れたリビング。いつも通りヘッドセットを頭から取り外し、ゆっくり伸びをした。妹達も俺と同じ動きをしている。

微笑ましい気持ちでそれを眺めていると、あくびをする雲雀の横で、鶲が俺の視線に気づいたように首を傾げ「なに？」と問いかけてくる。

「いや、なんでもないよ。そう言えば、明日は美紗ちゃんと一緒にＲ＆Ｍやるんだよな。この間と同じ、美紗ちゃんが俺に許可取る、あれ」

「うん！　そうだよぉ～」

俺は鶲と話していたはずなのに、いつの間にか雲雀と会話をしていた。鶲に気にした様子はないし、俺も必要な情報は知ることができたから大丈夫。

次の日が休みだったら泊まりに来そうだよな、美紗ちゃん。彼女、お嬢様のような外見に似合わず意外と行動派なんだ。

その後もなんやかんや２人と話し込んでいると、あっという間に時間が経ってしまった。

不意にリビングの時計を見ると、夜の８時はとうの昔に過ぎており、９時と言っても差し支《つか》えない。

いろいろやっていたら時間なんてあっという間、ってことだな。気をつけないと。

なぜかくっつき虫と化している雲雀と鶲をやんわり引き剥がし、２人を同時に風呂場へと押し込んだ。

Ｒ＆Ｍ内じゃ勝てないけど、現実世界じゃまだ俺のほうが、力が強いからな。まぁ２人が大人になったらそれも難しいかもしれないが。

風呂場から聞こえる楽しそうな声に笑いながら、唐突な「一緒に入ろうよ、つぐ兄ぃ！」という誘いを拒否して、俺はリビングに戻る。

一緒に入ってたのは小学校低学年まで、さすがに今はなぁ……。

R&M攻略掲示板

【あぁ〜こころが】LATOLI【ロリロリするんじゃぁ〜】part5

（主）=ギルマス

（副）=サブマス

（同）=同盟ギルド

1:プルプルンゼンゼンマン（主）

↓見守る会から転載↓

【ここは元気っ子な見習い天使ちゃんと大人しい見習い悪魔ちゃん、生産職で女顔のお兄さんを温かく見守るスレ。となります】

前スレ埋まったから立ててみた。前スレは検索で。

やって良いこと『思いの丈を叫ぶ・雑談・全力で愛でる・陰から見守る』

やって悪いこと『本人特定・過度に接触・騒ぐ・ハラスメント行為・タカリ』

紳士諸君、合言葉はハラスメント一発アウト、だ！

・

・

・

10:魔法少女♂

今日も元気に見守るゾィ☆

書き込む　全 部　＜前100　次100＞　最新50

R&M攻略掲示板

11:わだつみ
今までの情報から推測《すいそく》するに、ロリっ娘ちゃん達はそろそろログインすると思われ。夕飯後、って感じかね。

12:かなみん（副）
うっわ、また随分《ずいぶん》と昔の流行《はや》り言葉をスレタイにしちゃってもうwwww

13:黄泉の申し子
スレタイwww

14:sora豆
ロリっ娘ちゃん達来たぞー|ω・）

15:フラジール（同）
>>9頑張るもいもい！

16:焼きそば
いつもお兄さん達ってベンチでいったん休憩《きゅうけい》するね。じっくり見れるから嬉《うれ》しいけど、ちょっと目立ってるかも。

書き込む　全部　＜前100　次100＞　最新50

R&M攻略掲示板

17:ヨモギ餅

新スレおつ！

18:さろんぱ巣

なんか、今日は釣《つ》りすmtwpgg'.#は？

19:NINJA（副）

>>4お疲れ様、でござる。

意外とVRMMOは疲れるでござるゆえ、しばしゆるりと休息なされよ。

20:氷結娘

>>11あー、確かに。

21:ましゅ麿

スレタイはてーきーとーうーっ！

数十年前から更新《こうしん》されてない昔の情報サイトから引っ張ってきーたーのー。古臭くても面白いネタ、がモットー。

23:密林三昧

>>18ちょｗｗｗ　なんで焦《あせ》ってんのか知らんが、落ち着けってｗｗｗ

書き込む　全 部　<前100　次100>　最新50

R&M攻略掲示板

24:kanan（同）

釣り、にゃんこ太刀くれるアレか。

25:かるぴ酢

つ、釣り……。

それは川に行けば流され、海に行けば落ちるという周りが戦慄《せんりつ》するアレか。

26:甘党

>>9頑張れ☆頑張れ☆

27:ちゅーりっぷ

>>16イケメンと美少女だから余計に人目を集めやすいよな。顔が整《ととの》ってるやつの宿命かもしれん。まぁ、自分は一生縁《えん》がないけどな。ガハハハハハ！

28:つだち

あそこの池、神様の魚が釣れるってNPCが言ってた気がする。神様釣って良いのか？　って思ったのは内緒。

29:神鳴り（同）

>>18バグかー？　あり得ないだろうけど。

R&M攻略掲示板

30:iyokan
偽《にせ》シュリンプ、滅《めっ》するべし。

31:ナズナ
>>18もちつけって。ほれ、ぺったんぺったんこぺったんぺったんこ。

32:もけけぴろぴろ
>>25ドジっ子は現実でもあるのか！　周りの人達がビビるな、そりゃ。絶対的に初見《しょけん》じゃ無理なやつだソレ！

33:空から餡子
釣りは良いよね、無心になれて。釣れても釣れなくても良い感じ。

34:黒うさ
>>28神様に寛容《かんよう》すぎる国、日本。だから大丈夫。食べてもきっと大丈夫。

35:フラジール（同）
てかにゃんこ！

書き込む　全 部　＜前100　次100＞　最新50

R&M攻略掲示板

36:かなみん（副）

にゃあああああああああん！

37:夢野かなで

ぬこたあああなはなあはやまたあまわ、にはみらかたまゆな、をわ、なかたらお、おひのわひ！　ぬこたんかわゆい！

38:棒々鶏（副）

>>24なんか、検非違使ってやつが普通に使ってた太刀がモデルらしい。ちなみに読み方はけびいし、かな。

39:芋煮会委員長（同）

ひぃゃあああぁぁあぁああぁぁん！

40:プルプルンゼンゼンマン（主）

おwちwつwけw

41:こずみっくZ

にゃんにゃんは神様にゃん。

・

・

・

書き込む　全部　＜前100　次100＞　最新50

R&M攻略掲示板

89:プルプルンゼンゼンマン（主）

現実の都道府県名が、王族やら豪族《ごうぞく》？　のファミリーネームになってるらしい。近くなら茨城のローゼンブルグ。運営よ、なぜにドイツ語なのか……。

90:つだち

>>86そういやいたなそんなのwww
でも頓挫《とんざ》したから、まずは馬車の乗り心地《ごこち》改善するって。てか、なんですぐ魔導機関車を作れると思ったか謎《なぞ》。

91:白桃

最近、人気双子歌手の……誰だったか？　まぁいいか。そっちで騒いでるから一般人であるロリっ子ちゃん達に向けられる視線が少ない気がする。イイね！
リア充《じゅう》どもはあっちいけ、しっし。

92:こずみっくZ

大ナマズ、食べたかったなぁ……。

93:焼きそば

蜘蛛《くも》、羊、猫、次にお兄さんがテイムすんのなんだろ？　めっちゃ楽しみ。

書き込む　全 部　<前100　次100>　最新50

R&M攻略掲示板

94:iyokan
>>88きっと中二病《ちゅうにびょう》の運営がいたのさ。
そして異常なまでのドイツ語のカッコよさ。ただし俺の住んでる高知はホッホヴィッセン。ホッホ？　ホッホってなに？

95:空から餡子
やっぱ、ロリっ子ちゃん達に動きがないとただのおしゃべり掲示板と化すのぅ。なにもないのが一番だけどな！

96:のあ（同）
挨拶《あいさつ》だけですが、初めまして〜。
戦闘も生産もするギルド「星空の歌」の「のあ」です。まぁ5人しかいないですけど。ちなみに自分、男です。

97:わだつみ
暇《ひま》だし、俺も釣りしてこよっかなぁ。

98:フロイライン（同）
あ、私も挨拶させてください。
面白い兄妹がお客さんにいて、友人に言ったらこの掲示板紹介されてここも面白いから同盟申請しました！　許可ありがとうございます！　「少女達」ってギルドの副ギルマスやってる「フロイライ

書き込む　全部　<前100　次100>　最新50

ン」です！　自分は魔法陣製作者なので、ひとつ買ってくれると嬉しいです！

99:乙葉《おとは》（同）

わたしもひんしようしますねうたかたきるますのおとはてすかわいいものにめかないつてきるとのみんなにいわれますきほとのうちこみむすかしいてすきほんたんふんになるとおもいますかかんばりますよろしくおねかいします

100:氷結娘

おっ？　おっ？　('ω'三'ω')おっ？　おっ？

101:黄泉の申し子

おぉぉおおぉ、新同盟さんや！

＼('ω')／ヒィヤッハァァァァァァァア！！！

102:餃子

>>95平和が一番なんよ、うんうん。

田中（仮）のような輩《やから》が2度と現れないことを祈ろうぜ！

103:かなみん（副）

よろしくー！

R&M攻略掲示板

104:かるぴ酢
ごしんきさんいらっさい！

105:魔法少女♂
わーい(^ω^)

106:こけこっこ（同）
お、出遅れてしもうたわ！
自分、「アイテムこれくしょん収集家達の集《つど》い」ってギルドの１人「こけこっこ」言うもんっすわ。このギルドさんはじゃんじゃんばりばり儲《もう》けられそうな匂いがしたんで、同盟申請させてもらいました。現実じゃ無理やさかいに、ゲーム内だけでも億万長者《おくまんちょうじゃ》になりたいねん！　ちなみに自分の口調《くちょう》はエセや。商売人言うたらコレやね。多分。
・
・
・
162:棒々鶏（副）
>>153次は個人マーケット機能か、ギルド委託《いたく》マーケット機能だって考察スレの奴《やつ》らが騒いでたな……。

書き込む　全部　<前100　次100>　最新50

R&M攻略掲示板

163:フラジール（同）
たぶん明日には仔狼ちゃんがインするはず。みんな可愛くて好きなんだけど、やっぱロリっ子ちゃん達は3人じゃないと物足《ものた》りない自分がおる(^ω^)

164:こずみっくZ
温泉で湯がいた野草うまうま。
なんでも、ギルドに大量の持ち込みがあったらしい。まじありがとう、名もなき野草取りの名人さん。

165:コンパス
>>158ガチで料理教室通おうか迷《まよ》ってる。ガチで。本当にガチで。大事なことだから何回も言うから。

166:中井
ポーションくわえながら走ってたらやたらデカい外国人とぶつかった。なんか探し人がいるみたいだ。恋は始まらなかった。両方とも男だったからな！

167:kanan（同）
>>162不確定要素多すぎるけどな。

書き込む　全部　＜前100　次100＞　最新50

R&M攻略掲示板

168:魔法少女♂

>>163分かる

169:氷結娘

>>163おまえはおれか

170:NINJA（副）

そういや、ギルドでおっきな麻袋抱えたロリっ子ちゃんがいたような……？

171:sora豆

>>166久々の事案か？　www

172:つだち

>>163全力で同意

書き込む　全 部　<前100　次100>　最新50

掲示板はまだまだ続いていく。

◆◆◆

今日も今日とていつも通り朝練に行く2人の妹を学校へ送り出し、俺は家事をテキパキと済ませていく。

あぁそう言えば、俺達のように保護者を伴《ともな》ってR&Mをしてる同級生がいるとかなんとか、雲雀が言っていた。

その子はまだ始めたばかりで始まりの街アースにいるらしいんだけど、1週間以内には合流したいとか。ちょっと心に留めておこう。

一緒にやりたいだけじゃなく、最終的にはギルドを結成したいようだ。知らない人とやるよりは仲のいい同級生が良いのだろう。

ギルド結成はいろいろとデメリットもあるけど、メリットのほうが大きいから、できたら嬉しいよな。

「……こんなもんか」

家事に精を出し、いつもと同じく妹達が帰ってくるのを待つ。

あ、いつも通りじゃないことがあったな。

今度の日曜日に、近所の神社が主催するフリーマーケットに参加すると、双子が言っていた。

俺は今朝《けさ》それを聞いたんだが、参加者に空《あ》きが出てしまい、それの穴埋《あなう》めってところらしい。

雲雀は編みぐるみが得意で、完成品がいっぱいあるし、それを売れば良いんじゃないか？

話を聞きながらだんだんと心配になってきた俺は、雲雀と鶲について行こうと決めた。

子供達だけだと、危ない大人が寄ってくるかもしれないからな、これは保護者として当然だ。

俺も一緒にと申し出たところ、彼女達は大いに喜んでくれたのでホッと一安心。

そう考えると、いろいろ忙しい１週間になるかも。

さて、双子も帰宅し、いつも通り宿題や夕食を済ませる。

今日は美紗ちゃんもR&Mができる日だから、きっとログインするのを、首を長くして待っているだろう。一応携帯のメールで時間を連絡しておいたから、待ちぼうけすることはないはず。

準備万端になった俺達は、いざR&Mの世界へ。

◆　◆　◆

目をゆっくり開くと、そこは何度も来た噴水広場。

リグとメイ、小桜と小麦を喚び出し、早速ベンチへ向かう。

ちょうど噴水広場の一番端《はし》っこにあるベンチに着いた時、聞き慣れたSEが鳴り響き、俺は勢いよく開いたウィンドウを眺めた。


『プレイヤー・ミィがプレイヤー・ツグミにプレイ許可を求めています。許可しますか？』

【はい・いいえ】


これくらいは簡単なのでもう1人でできる。迷わず【はい】を人差し指で押すと、数秒してミィが目の前に現れた。

挨拶もそこそこに、ミィは小桜と小麦をロックオンすると、表情を輝かせて突進する。

2匹はミィの行動に驚いたのか、ブワッと尻尾を膨らませたまま、抱きつかれている。

あれ、メイの時もこんな感じだったような気がするんだけど……。

「やはりツグ兄様が愛らしいとテイムする子も愛らしくて、わたしメロメロになってしまいますわ。いいえ、もう一目見た時からメロメロです！　あぁこのフワフワな毛並み、リグやメイとも甲乙《こうおつ》つけがたいと思いますの。すごく癒されますわね」

ミィのハグは俺のテイムした魔物の関門《かんもん》になりそうな予感。小桜と小麦の毛並みに恍惚《こうこつ》の表情を浮かべ、ミィはどうにか聞き取れるギリギリの早口でまくし立てる。

どこか虚《うつ》ろな表情をしたメイが、困り果てる小桜と小麦を見ていた。みんな頑張れ。

しばらく２匹の感触を堪能するんだとばかり思っていたミィだが、唐突に立ち上がり俺のほうを向く。そして年相応《としそうおう》のあどけない笑みを浮かべた。

解放された小桜と小麦は、一目散《いちもくさん》に、近くにいたヒバリとヒタキの後ろへと隠れる。ミィが暴走するのは初回限定というか、最初だけだから大丈夫だと思う。多分。

「もういいのか？」

「ええ、いっぱい堪能いたしましたわ。これ以上迫ってはいけない、と獣の勘が囁《ささや》いておりますの。嫌われたいわけではありませんので、ふふ」

「ん？　うん」

とても楽しそうなミィからは、よく分からない返事が戻ってきた。

この間は乙女のなんたら、って言っていたような気がするんだけど。現実とゲームの差か？　分からん。

するとミィが、ポンッと手のひらに握り拳を当て、思いついたように口を開く。

「それはそうとツグ兄様、今日はコウセイと遊び尽くしますわ。現実と違い、ゲーム内に温泉は多くありません。ここを逃すと他があるとは限りませんの」

「そうそう、この世界には戦争とか魔物の侵略《しんりゃく》とかあるからね～。昨日あったのに今日は消滅、とか普通みたい。今日やらなきゃ後悔《こうかい》しちゃうかもだよ！」

「ん、場所は最初に泊まった此《こ》の花《はな》旅館。スパリゾートも真《ま》っ青《さお》の温泉施設、遊び倒す」

全身を使ってピョンピョン飛び跳ねるヒバリの頭を押さえ、これ以上テンションが高くなるのを防ぎつつ、俺達は早速此の花旅館へ向かう。

途中、先日ついでに買ってあったミィ用の湯着を、彼女にプレゼントした。

朝早いこともあり、受付には俺達しかお客さんはいないらしい。今回はＮＰＣの仲居さんに案内され、前回と似たような客室に案内される。

チェックアウト時間は明日の正午。それまでに退室すればよくて、夕食と朝食の2食付き。夕食はこの間と同じく夜7時から8時の間、朝食は朝6時から7時。その時間が無理そうなら、相談も可能だとか。

客室に入ると、ミィがウットリとした表情で窓辺に寄り添い、窓からの景色を目に焼き付けていた。

メイと小桜と小麦の足を備え付けの雑巾《ぞうきん》で拭き、部屋に解き放つ。メイは勝手知ったると言った感じで座布団が積まれた場所を目指し、勢いよく飛び込んでとてもご満悦《まんえつ》な様子。

「ここに危ないものはないんだけど、見慣れないとやっぱ緊張しちゃう？」

|ω・`)

「「うにゃにゃ」」

押し入れの前でウロウロしていた小桜と小麦のため襖障子《ふすましょうじ》を開くと、2匹は我先《われさき》にと飛び込んで寝ころび、くつろいでいた。

「そこがいいのか。でも、ちょっとしたら温泉に行くから」

ヽ(°ω°Ⅲ)ノ

「「ぶみゃ！」」

温泉という言葉に、２匹は慌てたように毛を逆立《さかだ》てた。普通の猫より少し大きい２匹の背中を両手で撫でつつ、俺は優しい口調で約束する。

「大丈夫大丈夫。誓うよ、悪いようにはしないって。だから安心して温泉一緒に入ろう?」

「「ふにゃんにゃ」」(/ω＼)

そうやって話すと満更《まんざら》でもない感じだった。聞きかじりだけど、猫って水が嫌いな子が多いんだよな。

そう言えば３人娘が大人しい……と訝《いぶか》しんだ俺が押し入れから顔を出すと、妹達は窓に微笑ましい表情をくっ付けていた。うわ、またこのパターンか。

ちなみにリグは俺のフードの中で熟睡《じゅくすい》中。こっちもいつも通りだな。

◆◆◆

甚平のような生地の厚い湯着に皆で着替え、いざ温泉施設へ。

温泉の手前には、日本の古き良きザ・売店みたいな店もあった。

此の花印の風呂桶《おけ》とか手ぬぐいとか、石鹸とか温泉饅頭が置いてあったので、あとで寄っても良いかもしれない。温泉には、きっと何回も入ることになりそうだからな。

その売店では、早速ヒバリが温泉饅頭に目を奪われていた。

今から温泉で遊ぶんだろう？　と聞くと、涎と涙を拭い、どうにか温泉饅頭から視線を逸らす。

「あとであとで」とぶつぶつ言っているヒバリに苦笑しつつ、少し歩くと、スパリゾートも真っ青な温泉施設に到着だ。

暖簾《のれん》を潜《くぐ》ると、暖かな湿気と硫黄の臭い。柔らかな木製のすのこの感触が、足裏に心地よく感じられた。

リグもさすがに起きて俺の頭に掴まり、この間遊んで慣れたメイは俺の隣に、初めての小桜と小麦は忙しなく視線をキョロキョロと動かしている。

そして3人娘はと言うと、3人揃ったからか、テンションの上がり方がおかしいような気がしてならない。

「まぁ。ここが一番素敵な温泉に入れる場所ですのね。スレッドの口コミと同じかどうか、わたしが確かめますわ！　とりあえず、流れる温泉プールなるものを確かめてみませんと！」

「あの超巨大、現実なら再現不可能スライダーで遊ぼう〜！　1回とは言わず10回くらい！」

「落ち着いて、２人とも。あっちに波出るやつある、波乗りもしよう」

まぁ今から行くのははしゃいで遊ぶ場所だから、大丈夫かな。というか、３人が３人とも違うことを言っているのに、なぜ会話が微妙に成立しているのか？

このままだと3人とも違う場所に行きかねないので、近い場所から順番に回ったらどうだ？　と提案してみる。

すると彼女達け目から鱗《うろこ》が落ちたような表情となって、何度も頷く。やはり俺が手綱《たづな》を握ってやらないと駄目か。ううむ、どうしたものか。

「……あ、浮き輪《わ》とか借りて流れる温泉プールはどうだ？　あれに乗ればリグ達も遊べそうだし」

少し悩んで、真夏の海水浴場によくある貸し屋を見つけた。貸し屋って名称は、勝手に俺が名付けたぞ。ほら、浮き輪とかビーチボールとか貸してるし。

レンタル料は要らないらしく、メイ用の小さな子供用浮き輪、小桜と小麦用のビーチマット、そしてビーチボールを借りた。

これらには魔法術式を組み込んでいるらしく、温泉から出ると勝手に返却されるそう。なのでインベントリにしまっても大丈夫。大荷物にならなくて安心だ。

３人娘に空気を入れてもらい、流れる温泉プールまでは、俺のインベントリに入れて運ぶ。

「バッババ〜ン、ここが流れる温泉プールでっす！　深さは私達の肩くらいで、いい感じにビュンビュン流れるらしいよ」

リアリティ設定を最適なものにいじっていたら、いつの間にか到着。ヒバリが面白いイントネーションで片手を上げ、流れる温水プールを紹介してくれた。

水の深さは妹達にぴったりだけど、幅《はば》は十分にある。俺が５人くらい手を広げても、誰ともぶつからず快適に過ごせそうだ。

朝早いこともあり、前回よりも格段に空《す》いている。これなら遊び道具を持ち込んでも、誰かに迷惑を掛けることは無さそうだ。

３人に急かされ、俺はインベントリから子供用浮き輪とビーチマットを取り出す。

すでに水中にいるヒタキに浮き輪を手渡し、俺はメイを抱き上げて、その中に入れてみた。

メイは抱き上げた時少し緊張して固まったが、やがて温泉の温かさに負けくつろぎ出す。

足のつかない温泉の怖さより、快適さが勝《まさ》ったか。

小桜と小麦はそんなメイの姿を見てちょっと警戒を緩め、温泉プールの縁《ふち》で水面をちょんちょん触っている。

声をかけて抱き上げても抵抗されなかったので、そのままビーチマットの上に。

おっかなびっくりではあったものの、マット下の温かさに2匹がやられるのは時間の問題だった。お湯には浸からないし、床暖房《ゆかだんぼう》のような状態だからね。

「ふふ、お気に召していただけたようでなによりですわ。出発いたしますわよ、メイ」

(≧ェ≦*)

「めめっ！」

「お客さん、こちら終点まで止まらない臨時《りんじ》列車となっております。レッツゴー！」

「双子列車、れっつらごー」

(・ω・?)

「「んにゃ？」」

ぐでんぐでんにリラックスしているメイの、子供用浮き輪を持つミィ。

小桜と小麦を乗せた、下が温かくふにゃふにゃしてきたビーチマットの両端を持つヒバリとヒタキ。

リグを頭に乗せた俺も温泉プールに入り、彼女達の後をついて行く。

ちょっと踏ん張らないと流されてしまいそうだ。湯の温度はやや低めってところかな。

遊ぶのにちょうど良い感じだ。

楽しそうな3人娘がちょっと先に行ってしまったので、慌てて追いかける。流れに身を任せるだけでいいので、ちょーっぴりだけ運動音痴の俺でも簡単。

「ツグ兄ぃ、流れているだけでも楽しい！」

「それは良かった。これ、水流に逆《さか》らって歩いたら結構な運動になりそうだな。ゲームだから無理か？」

「鍛錬《たんれん》、みたいな感じ。ちょっとならスターテス上がるかもしれない。多分だけど」

「ま、普通なら鍛錬よりレベル上げするよね」

「ん、それのほうが早く強くなる」

ピョンピョン跳ねながら流れる温泉プールを進むヒバリ。

俺やヒタキも、取り留めのない話をしながら流されていく。ミィはいつの間にか、メイに泳ぎを真剣に教えており、微笑ましいけどちょっと話しかけづらい。

まぁ流れるから放って置いても進むんだが……これは言わないお約束だ。

って、小桜と小麦がプールに尻尾の先を浸して遊んでいた。

さっきまでは水を見るのも怖い、って感じだったのに、これが成長か。

「小桜、小麦……成長した我が子を嫁に送り出す気分だ」

「ツグ兄ぃ⁉」

「あ、変なこと言ってる自覚はあるぞ」

すぐさま反応したヒバリにツッコミを入れられた。さすがにそこまでもないな、うん。

そんなこんなで時間が経ち、大きい流れるプールを1周したので、俺達はいったん上がることに決めた。

現実では不可能なことを作り上げてる感じだから、この温泉施設はとても大きい。

すべてを堪能するには1日では足りないくらいだ。

ただ、3人はここで遊ぶのは今日だけって決めているようで、少し遊んで次という、わんこ蕎麦《そば》スタイルで行くぞ。結構ハードスケジュールだが。

とりあえず使い終わった子供用浮き輪とビーチマットはインベントリにしまって、次に近いのは……ヒバリが言ってた、現実では再現不可能な巨大スライダーだっけ？

なんだか嫌な予感しかしない。

そのスライダーは見上げると首が痛くなるほどの高さで、グルングルンも急降下もありだ。

ジェットコースターのようだ、と言えば分かりやすいだろうか？　これはリアルでやったら死人が出るかもな。

1人で滑ってもいいし、ゴムボートを上で借りて皆で滑ってもいいらしい。

「小桜と小麦、大丈夫だろうか？」

先ほど温泉に触れ、少し慣れてきたばかりの小桜と小麦の心配をする俺。

でも、俺の心配はどこ吹く風。いつの間にか自分から階段のほうへ向かっており、俺はちょっぴり呆れた眼差しを向けながら後ろについて行く。そうだね、うちの子は慣れたら早いよな。

だけど小桜と小麦は泳げないはず、ってメイも泳げないだろ？　浅いから大丈夫って言われても……まぁ、本人が良いなら良いか。

「あら、ちゃんと水が流れておりますのね。この技術だけでも、とてつもない費用が掛かっていますわよ」

「お兄さぁーん、4人乗りボート貸してください！　あとそのペット用救命胴衣《きゅうめいどうい》4つも」

「私達は外側、メイや小桜と小麦は内側。ペット用救命胴衣もつける。これで安心安全すごい楽しい」

時間にして5分弱。階段を上り続け頂上へたどり着くと、3人は打ち合わせでもしたのかと思えるほどテキパキした挙動《きょどう》を見せ、あっという間にあとは乗るだけの状態になってしまう。

全員乗り込んだら従業員のお兄さんが押してくれるそうで、あとは水の上を滑るだけだ。

4人乗りのボートに俺達が乗り込んだのを確認し、従業員のお兄さんが、無駄に高いテンションでボートを押してくれた。

最初はゆっくり進んでいたボートだったが、俺達の体重といきなりの下《くだ》り坂でどんどんスピードを増していく。スピードが増すごとに、ヒバリ達のテンションも上がっていく。

「うっひょ〜い、たっのしい！」

急降下が終わると、今度は勢いのままスクリューのような場所で2回転し、次はグネグネと曲がった上下運動。上下左右にグニョングニョンするスライダーは、3分くらいで終わりを迎《むか》える。体感時間的に、俺はもっと掛かった気がするんだけど……。

ボートは次第に減速《げんそく》し、出口に近付くとゆっくりとなって、浅いプールの縁《ふち》で止まった。

「し、しばらくは乗らなくていいかな……」

「え？　私は面白かったよ？」

「シュシュ、シュ〜」

(´w｀)?

俺が最初に降りてメイや小桜と小麦を抱き上げつつ呟くと、九重家一のお祭り娘とリグに、キョトンとした表情で言われてしまった。うん、楽しかったなら良いんだ。

「このボートはどうするんだ？」

「ん、これはあっち。転送の魔法陣があって、それで上まで戻す。堪能できて余《よ》は満足じゃ」

「わたしが持って行きますわ。よい、しょっ」

俺が4人乗りボートを指差しながら3人娘に問うと、ヒタキから的確な答えが返ってきた。

現実に近い遊びでも最終的にはファンタジーなんだな、これくらいのことじゃ驚かなくなってきた。

良いことなのか悪いことなのかは分からないけど、どっしり構えてお兄ちゃん威厳《いげん》が保て……るといいなぁ。

水を含んで見た目より随分重くなってしまったボートだが、我がPTきっての筋力娘であるミィにとっては、かけ声ひとつで持てる程度らしい。ダメな場合はメイもいるしな。

もう一回くらいスライダーに乗るかと思ったヒバリだが、意外にも、もう次の場所に行く素振りを見せている。やっぱりひとつひとつに時間をかけてはいられないらしい。

俺が精神的に磨耗《まもう》したのを悟《さと》ったヒタキが、俺の湯着を軽く引っ張り、心配そうな表情で問いかけてくれる。

「次は波乗りする？　ビーチボールで遊ぶ？」

「ボールはついでに持ってきたやつだし、次はヒタキが遊びたいって言った波乗りだな」

優しいヒタキの頭を軽く撫で、彼女が行きたいと言っていた場所を指差す。

「ん、逆立《さかだ》ちで波乗りして楽しませる」

「そう言うのは、どうなんだろうな……」

スライダーからあまり離れていない波乗り温泉……まぁ、正式名称は知らない。

一定間隔《かんかく》で寄せては引いていく波に面白さを感じたのか、リグやメイ、小桜や小麦は大興奮している。

波打ち際にいれば海と同じ感覚だから、気をつけることと言えば、稀に高めの波が打ち寄せてくるので……って言ってる傍からメイが、お笑い芸人も真っ青な流されっぷりで、波にさらわれてしまった！

妹達は離れたところで、誰が一番面白い格好で波に乗れるか、を勝負している（普通に波に乗ってくれ……）ので、リグ達にそこにいるよう言い、俺は慌ててザブザブ温泉をかき分けていく。

運動全般はちょっぴり苦手な俺だけど、水泳だけは普通にできる。

だからすぐ助けるぞ、メイ。

「メイ、大丈夫か？」


(・ェ・?)

「んめ？」

「……大丈夫なら良いんだ、うん」

(*・ェ・)b
「めめっめめめ」
プカプカと浮かんでいたメイに問いかけると、可愛らしく首を傾げられた。

言い方は悪いけど、水死体のような格好で浮かんでいたぞ。でも、メイにとっては大したことではなかったらしい。

メイが大丈夫なら俺は良いんだ、うん。本当に。

ちょっぴり湿り気の帯びたメイを脇に抱え、リグ達の元へ戻り妹達の姿を探す。

3人は年相応にはしゃいでおり、かなり奇抜《きばつ》な動きで波に乗っていた。

そうだな、一言で言うならサーカス。

ミィが綺麗なフォームでサーフボードに乗り、ヒバリの手を踏み台にしてヒタキが跳び、ミィの肩に乗るという、現実ではあり得ない荒技《あらわざ》まで披露。

俺は小脇に抱えていたメイを降ろし、そんな妹達の姿を無表情で眺めた。

周りのお客さんが妹達を見て、感動したようにパチパチ拍手をしている。

なんか、面白いからいいか。

そう思った俺は、妹達からそっと目を逸らしてリグ達が集まっている場所へと向かった。

昔取った杵柄《きねづか》、俺の砂場遊びクオリティーに恐れおののくが良いさ。

「とりあえず、姫路城《ひめじじょう》でも作るか。とは言っても、姫路城しか作れないんだけど」

リグ達の手伝いもあり、一番の重労働である砂積みは簡単に終わった。

その砂山を整えて、指や手のひらを使ってババッと形成すれば良い感じに出来た。

それほど大きくないし、クオリティーは察してくれ。でも自画自賛できるレベル。

そんなことをして遊んでいると、ヒバリ達がザバザバ温泉をかき分けてやって来た。

「すっご。良く作れるよね～、チマチマは私には無理」

「ガッてやってザッてやっただけだけどな。コツさえ掴めばどうにかなると思うぞ、多分」

「それは、どうだろ……？」

さて、今はまだお昼には早い時間帯だ。

もう少し待てばおいしい屋台が出る！　というヒバリの力説により、このまましばらく温泉施設で遊んでいることに。

そんなに力を込めなくても大丈夫なんだが、これがヒバリだからな。

誰もいない場所を探すと、この間遊んでいた子供用プールが目に入った。

「ビーチバレーin子供用温泉プール、だよ！」

ピョンピョン楽しそうに、何度も跳ねながらヒバリがプールに着くと、ババババンと効果音が出そうな動作で腕を広げた。ビーチボールを持っているからだろうが、どうしてそうなるんだと聞きたい。

まぁいいかと苦笑しながら、俺も縁に座って足を温かな温泉に浸した。

ダイブするかのようにプールの中に入っていたメイを見守りつつ、インベントリからボールを取り出しヒバリに投げる。

「お？　っとっと……」

ヒバリは一瞬驚いたものの、危なげなくボールを受け取った。慌てることを期待していた俺は、ちょっぴり残念な気持ちに。

本当にビーチバレーをするわけではなく、皆でボールをどつき……いや、パスし合うようだ。この短い間で随分と水に慣れた小桜と小麦が、勢いよくプールに飛び込み、浅くて動きやすそうな場所を陣取っている。

少し歪《いびつ》な円形になったところで、俺も立ち上がって円に加わった。

本当は見ているだけでも良かったんだけど、参加してみようかなって。

ほら、俺とリグは一心同体だから一緒にできるし。というか、リグはこの子供用温泉プールでも溺《おぼ》れそうなんだよな。仕方ない。

まず最初に投げるのはヒバリで、意外にもしっかりとした軌道《きどう》を描きミィの手元に。

ミィはふんわりとメイにパスし、メイは少し危なげに両手でキャッチ。

メイが投げたヘロヘロ軌道のボールは小桜と小麦のところへ。２匹は息を合わせ、流石《さすが》としか言いようのない連係プレーでキャッチしてみせた。

そんな２匹からボールが来たので、俺はやる気満々になっているリグにやらせてみることにした。


「お、こっち来たぞリグ」

「しゅっしゅしゅ！」

「おー、上手なもんだな」


リグは自身の糸を巧《たく》みに操り、向かってきたボールをたぐり寄せ、俺の手にスポンと収まらせた。一連の動きを滑《なめ》らかにやってのけるので、俺は感心してしまう。

しかしリグは受け取り専門らしく、同じように糸を使って投げたら、思いもしない場所に吹き飛んでしまった。


（｀・ｗ・´）

しょんぼりした顔文字で悲しみを表現するリグを慰めつつ、ボールは俺がヒタキにパスしておく。

そんなこんなを何度も繰り返していると、ちょうど良い時間になり、俺達は温泉から出た。

インベントリの中にあった浮き輪などの借り物が消えたことは確認済み。借りっぱなしはダメだからな。

リアリティの設定を元に戻すと、一気に吹き飛んだ湯着の水分にミィが、毛皮が乾いたことに小桜と小麦が驚いていた。

狙ってやったんじゃないぞ。一応。

温泉施設に入る前、ヒバリが釘付けになっていた、古き良き売店にも寄る。

こぢんまりした外見とは打って変わって、中にはたくさんの商品があった。空間を広げる魔法を使っているのかも。

「温泉饅頭～♪　温泉饅頭～♪　丸くって、おいしい♪　ほっぺた落ちちゃう、温泉街のお饅頭～♪」

たくさんの品物に目移りしそうになりながらも、ヒバリはどうにかお目当ての温泉饅頭へと一直線に向かい、12個入りの箱をふたつ手に取った。

薬草を練《ね》り込んだタイプと普通の温泉饅頭。そのふたつを手にすごい悩んでいるので、「ふたつくらいなら買うぞ」とこっそり告げる。

するとヒバリはここ最近で一番の笑みを浮かべ、思い切り頷いた。

【コウセイ特産の温泉饅頭】
黒餡《くろあん》、白餡《しろあん》、鶯餡《うぐいすあん》などバリエーション豊かなコウセイ特産の温泉饅頭。コウセイのあたりに生《は》えている野草を練《ね》り込んだ物もあり、本当に種類が多い。レア度3。満腹度＋3％
【製作者】ルナンナ（NPC）

「私はこれが欲しい。ゲコぴょん桶《おけ》、可愛い」

【ゲコぴょん桶《おけ》、木製バージョン】
温泉街に戦慄《せんりつ》という名の新しい風を吹かせた、斬新《ざんしん》でエキセントリックなゲコぴょん桶。たくさんあるバリエーションの中で、ベーシックな木桶バージョン。
【製作者】ゲコゲコ（プレイヤー）

「わたしはこの、野草茶の詰め合わせ、お徳用ボリュームデラックス版をお願いいたしますわ」

【野草茶の詰め合わせ、お徳用ボリュームデラックス版】
コウセイ周辺で摘むことができる野草をブレンドした、お得感のあるお茶の葉。どうやらお茶の葉を詰め合わせる人が頑張りすぎたらしい。
【製作者】いっぱい（いっぱいを押すと製作者一覧が確認できます）

なぜかヒバリの後ろにヒタキとミィが並び、それぞれが商品を俺に見せていた。

ヒタキのゲコぴょん桶はただの木桶ではなく、桶の底にエキセントリックなカエルの焼き印がある。

ミィはきちんと試飲《しいん》して、おいしいと思った野草茶の詰め合わせ。一抱《ひとかか》えするほどのボリュームだけど……まぁ、良いか。

リグやメイ、小桜と小麦は、特に欲しい物はないらしい。

ホクホクした表情の妹達の横で俺は会計をすまし、旅館をいったんあとに。

ログインしてからそんなに時間は経ってないので、満腹度のメーターも減ってはいないけど、これからは俺達の買い食いタイムだ。

迷子にならないよう固まってウロウロしようと思うんだけど、どんな店が良いんだろうか？　俺、あんまり買い食いしたことないんだよな。

「そこらへんで立ち食いしても良いならあれとか、座りたかったら少し離れているけど、あっちとか……」

「軽食はあちら、たくさん食べたい場合はあちら、そちらでも良いです。あら、意外と悩みますわ」

「悩むね、うん。適当でも良いけど、ううむ」

俺も妹達もいろいろと悩んでしまい、視線をさまよわせながら当てもなく歩く。

温泉街ならそれっぽい特色の強い食べ物があるはず……って、なんか温泉水を使ったラーメンってのが目に入った。

面白いから提案してみるか。

「あそこのラーメン屋は？」

まだ準備中の屋台もチラホラあるなか、俺が見つけたラーメンの屋台は準備万端のようだった。手押し屋台の主人はヒタキ曰《いわ》く、バイソン族と呼ばれる種族のプレイヤーらしい。

結果、３人娘は表情を輝かせ、万歳《ばんざい》のようなポーズをする。少し恥ずかしい。

そんな感じで、俺達はラーメンを食べることになった。

ヒバリは醤油、ヒタキは味噌、ミィは塩、俺はリグ達の意見を取り入れて、魚介スープを利《き》かせた海鮮ラーメン。

醤油の生産場所がすぐ近くにないのに、価格は高いとは感じなかった。

一定以上の手の込んだ物、特定の場所でしか生産されていない物は、それに応じて高くなるのがR&Mの掟《おきて》と聞く。

このラーメンがそうでない理由を聞いてみたんだけど、何回聞いても「ギルドに入っているからなー」で済まされてしまった。なるほど……分からん。

屋台に備え付けられていた長いすをテーブル代わりにし、リグ達にも俺のラーメンを食べさせる。

ラーメンを冷ますためフーフーしたり、順番に同じ量を食べさせるのはかなり楽しかった。ヒバリにも「ツバメの親子みたい」と言われてしまったしな。

と言うか、俺達の名前が鳥に関係しているから、ちょっとした言葉でドキッとするのは内緒。

「あ～、おいしかったぁ～。満足♪　満足♪」

「ん、とてもおいしかった。慣れない食材を使って、既存の味に近付けるのは難しい。すごい」

「お値段も破格《はかく》の２０００Mと、リーズナブルでしたものね。いろいろな場所に屋台があるみたいですし、探してみるのも良いかもしれませんわ」

汁まで飲み干して満足した俺達は、屋台の店主に礼を言ってその場を離れる。代金は先払いだった。

満足げにお腹をさするヒバリが感嘆のため息をつくと、ヒタキがコクコクと頷き、ミィが小さく笑い声を漏らしながら同意する。

確かにこの味、この値段なら、探してでも食べたいと思える一品だな。

あ、しまった。店主にギルドの名前を聞けば良かったかもしれない。旅館に戻る時にでも、また屋台を探してみよう。

◆　◆　◆

さて、俺達が歩き出したのは次なる食べ物を求めたからであって、温泉街なら1度は食べたくなる温泉卵を探しているのであった。

少し奥まった場所には一定周期で温泉が噴き出す間欠泉《かんけつせん》など見所《みどころ》もあるんだが、食を求めてやまないヒバリには魅力的に思えないらしい。

「ええと、あっちに温泉溜まりがあって、そこでいっぱい温泉卵を作ってる……らしい？」

小さな温泉街なのに、なぜか右往左往《うおうさおう》する俺達。

俺達が悪いんじゃなく、迷路のような造りになっている温泉街が悪いんだ……と責任転嫁《てんか》をしておこう。

ひとつだけ言わせてもらうと、もう少し時間があれば絶対脳内マッピングができるからな。

しかし今はヒタキ先生にお出ましいただき、攻略掲示板からコウセイのマップやらをあれこれしてもらう。

「ん、もう大丈夫。あっち」

ウィンドウと睨めっこして首を傾げていたヒタキは、不意に顔を上げると、小さく頷いて俺達がまだ向かっていない方角を指差す。掲示板の大切さが分かるな。

少し歩くと、硫黄の臭いが強くなり、蒸気《じょうき》も立ちこめてきた。場所的には神之池の反対側で、魔物除《よ》けの柵が張り巡らせてある。

独特《どくとく》の臭いに、嗅覚《きゅうかく》の強い小桜と小麦が耳をヘタらせ元気がないので、温泉卵を買ったらさっさといつものベンチに戻ろう。

ちなみにミィも仔狼の職業が災《わざわ》いしたようで、顔をしかめていた。嗅覚が強いのも考え物だな。

そこには比較的小さめの小屋が建っていて、「温泉卵あります!」と大きく書かれたのぼりがはためいていた。

そののぼりを見るなり、ヒバリが表情を輝かせ小屋に突進していく。

彼女の突拍子《とっぴょうし》もない行動に慣れている俺達は、慌てず騒がずあとを追い、籠の中にたくさん積まれた温泉卵を眺めているヒバリにチョップ。

「勢いに任せた行動ばかり取るもんじゃないぞ。あ、この籠ごと温泉卵ください」

「あふっ、うぇ、ツグ兄ぃ、う、うれひっ」

「ヒバリちゃん……」

「うぇへへ」

チョップしたヒバリがなんだかおかしな言動を取ったので、ヒタキが呆れたような悲しいような表情を浮かべている。

だが俺がすべきなのは、籠に入った温泉卵の会計をすることだ。

そしてこの温泉卵、付加価値がある食べ物なのに、意外とリーズナブル。料理の一工夫に使えそうなので、俺としてもホクホクだ。

ヒバリは俺が会計を済ませている間に我に返ったらしく、大人しく待っていたミィ達と一緒に店から退出。

まぁ、この店には温泉卵以外めぼしい物がないからなんだけど。

◆　◆　◆

さて、現在の時刻は夕飯前。夕飯にありつけなかったら大変だと、同じように旅館へ急ぐ人々の波に乗り、俺達も旅館に向かう。

旅館の中も、自分の部屋に戻るお客さん、宿泊しようと受付に向かうお客さん、たくさんのお膳を積《つ》み重《かさ》ね足早に行き交う仲居さん……と、様々な人達が入り乱れ、一種のカオス状態になっている。

俺達は邪魔をしないよう、できるだけ気配を消して自室に戻った。

「今日の夕食はなんだろうね～。すごくおいしいから楽し……って、ツグ兄ぃの料理もおいしいよ！」

「大丈夫、分かってるよ」

「ふへへ、ツグ兄ぃの料理も大好きなの」

　部屋に戻った俺達は、立てかけてある折り畳みテーブルを出しながら、今日の夕食について思いを馳《は》せる。

　まぁ馳せるのは主にヒバリだけど、可愛らしい笑みを浮かべているので、からかうのは止めておこう。

　備え付けのお茶セットでミィにお茶を淹《い》れてもらい、しばらくまったりしていると、コンコン扉を叩く音が聞こえた。

　それはヒバリが待ちに待った夕食で、何段も積んだお膳を持った仲居さんが3人ほど部屋に入ってきて、テーブルに次々と並べてくれた。

　今回の夕食は新鮮な海の幸を使ったお刺身に、山の幸を使った天ぷらがメインだな。あとタケノコとキノコの炊き込みご飯もあり、食欲を刺激する良い匂いを放っている。

　そして、小皿だけどリグ達の料理も用意してあって、俺は感動してしまった。

「わ～、おいしそう！　早く食べよう、ツグ兄ぃ！」

(≧w≦*)

「シュシュ、シュ～！」

（＊´エ｀）


「まぁ、素晴らしいですわ。わたし、お稽古《けいこ》をすごく頑張って良かったです」

「めめ、めっめめ！」

ヒバリとリグ、ミィとメイも、おいしそうな夕食を見て感動している。

ヒタキは冷静に、小桜と小麦に夕食の説明をしていた。

しばらくテンション高く夕食を眺めていたけど、ヒバリの涎が洪水《こうずい》を起こしそうだったので、皆で両手を合わせて、いただきます。

夕食を食べ終えると、また温泉に入りに行くとヒバリ達が言うので、俺もついて行くことに。

またいろいろと温泉施設で遊んだけど、やっぱりあのスライダーは鬼門《きもん》だと思うんだ、お兄ちゃん的に。

温泉から出たあとは布団を敷いて、朝までぐっすり。

◆
◆
◆

朝食はバターがたっぷり使われたロールパンに新鮮なサラダ、スクランブルエッグにコーンポタージュと、昨晩の夕食とは一変して洋食だった。

絶妙《ぜつみょう》な味付けでとてもおいしく、少し驚いたけどこれはこれで良いかもしれない。

テーブルを片付けたりしていると、妹達が集まって話し合っていたんだが、ヒバリが意を決したように、ない胸を張って宣言する。

「ツグ兄ぃに発表します！　温泉を堪能した私達の次の目的地、それはつ、つ、く、つくは？　あ、つくば！　筑波山《つくばさん》です！」

「……はぁ？」

突拍子《とっぴょうし》もないことを言われ、俺は生返事《なまへんじ》をしてしまった。決めるのは構わないんだが、まずは物事の順序というものを教えなくてはいけないいんだろうか……。

「もちもち、適当に決めたことじゃないよ」

俺の生返事を受けヒバリは人差し指を立て、チッチッチと左右に振りながら言う。

ちゃんと決めたことなら俺は反対しないんだが、それでもプレゼンテーションしようとするのは、俺の家族の癖《くせ》のようなものだと思う。

現実の世界では、家から車で2～3時間でたどり着くし、晴れていればよく見える。

でも、Ｒ＆Ｍは現実とは違う。

馬車ならあるけど車なんてないし、年中無休で襲ってくる魔物がウヨウヨしている。そして、人を襲うのは魔物だけとは限らない。

ヒバリがこの後どう説得してくれるのか、俺は楽しみでならなかった。

「筑波山に行くのは、攻略掲示板によるとね、山頂に割り札《わふだ》となにかを交換してくれるお店があるんだって。ゲーム始めたての頃、ツグ兄ぃ割り札もらってたじゃん？」

「……あぁ、そう言えば」

俺はあくびをするリグを膝の上に置き、ヒバリの言葉にたっぷり時間をかけて頷いた。

ポーションを渡す突発クエストのランダムアイテム、だっけ？　まだ大して時間は経っていないのに、濃い時間を過ごしたせいで忘れてた。

「ん、あと、近くに村が無い地域だけど、頼もしい仲間がこんなに。力試し」

「霞ケ浦《かすみがうら》と呼ばれる場所には、大きな観覧船《かんらんせん》があるそうです。どうやらこちら、大型客船愛好家のギルドが運営しているみたいですわ。これに乗れば、筑波山までかなりショートカットができます。ズルとか言わないでくださいましね、ふふ」

リグの背中を撫でつつ、俺はヒバリから説明を引き継いだ2人に視線を向ける。

ショートカットは良いかもしれないが、これまた突拍子《とっぴょうし》もないな。

3人が頑張って考えたことだし、小桜や小麦も仲間になったので、魔物が数段強くなっても大丈夫なはずだ。

却下《きゃっか》しないって分かっている癖に、窺《うかが》うような表情をする妹達。俺は苦笑して口を開く。

「自分達の力量も分かるし、良いんじゃないか。でも、今からは難しいと思うんだが？」

「うん。時間がいっぱい取れる金曜日、土曜日、日曜日に決行しようと思ってるよ」

「村がないとは言いましたが、霞ヶ浦の端っこ近くに、ひとつだけ小さな集落がありますの。そこがわたし達のリスポーン地点となります。ただし筑波山からは遠いので、死んでしまうと心が折れることになるかもしれませんわね」

「安全な場所は、意外と少ない……」

先ほどは口にしなかった不安要素もあるみたいだが、面白いからこのままで良いか。

時間に余裕のある日にすれば、まあ問題ないだろうし、俺としては反対する必要もない。

んで、ミィの言っていたリスポーン地点。最近ちょくちょく調べたんだが、これは良くあるゲーム用語だそうだ。安全地帯、出現地帯、という呼び方もされる。

彼女の言う通り、HPが０になったら最寄《もよ》りのリスポーン地点に強制的に戻るので、遠い秘境《ひきょう》に行くのは、ためらわれるのが普通だ。

……いやいや、そんな俺の考えは誰も聞いてないな。うん。

「なるほど、了解。じゃあ準備しないと」

そろそろチェックアウトの時間が迫ってきたので、いくつかの意味を込めてそう言うと、３人は頷いて扉へ向かった。

俺は部屋から最後に出るようにして、忘れ物がないかを確認する。

「んで、筑波山の登頂に成功したら、次は水戸のほうに行くよ！　なんか、王族の住む城があるみたいだけど……それはあまり関係ないよ。そこで、今朝言った同級生と合流する予定～。すごく勘の良い子で個性的だから、面白いと思う。保護者は私達とは違って、親《しん》戚《せき》のお兄ちゃんらしいぞぉ～」

廊下を歩いている間、ヒバリの言葉に耳を傾ける。突拍子《とっぴょうし》もない話をいきなりし出すのは慣れっこだが、その同級生の情報を出し惜しみするのはなぜだ？

まぁなにか考えがあるのだろうから放っておこう。その日になってからのお楽しみ、ということで。

カウンターにいる、受付には見えない大柄《おおがら》なオジサンに鍵を返して旅館から出る。

いつも通りなら噴水広場のベンチに行くんだけど、それだとまったりし過ぎるので、今回はギルドにある飲食スペースを借りて話そうかな。

冒険者はチラホラとしかおらず、席に座るのは簡単だった。

なにも買わずに居座《いすわ》るのは心苦しいので、野草で作ったハーブティーを人数分、リグ達の分も頼んで待つ。

俺の手でも覆いきれない大きなマグカップに入って1杯100Mと、なんとも良心的なお値段だ。

ちなみに小桜と小麦はきっと猫舌《ねこじた》なので、ミルクを頼んでおいた。

フードの中にいて身じろぎすらしないリグはそっとしておき、短い手足を一生懸命バタつかせて椅子によじ登ろうとしていたメイを抱き上げた。

「お前達の教育上の理由で、今日しか行動できないけど、今からなにやりたい？」

ちなみに教育上の理由と言うのは、明日は学校だから夜更《よふ》かしはいけない、という意味だ。

野草のハーブティーが来るまで随分と悩んでいた妹達だったが、ふとヒバリが意を決した表情で俺を見た。

「ツグ兄ぃ、いくら時間があっても足りないと思います！　なのでもう1日……」

「却下、決められた時間でいろいろやりくりしなさい。金曜日や土曜日ならまだしも、今日は水曜日なんだから。そりゃ臨機応変《りんきおうへん》とは言ったけど、お兄ちゃんは許さないよ」

俺は来たばかりのハーブティーを一口飲んで、メイにも飲ませながらダメ出しをした。

指折りできることを数えていたヒタキは、撃沈《げきちん》したヒバリを横目に言う。

「ん、だよね。だったら、今日やれることは少ない。武具の手入れにアイテムの買い出し、レベル上げるついでに、魔物から素材取るくらい」

そう。今日は学校があるからダメだと言っているだけで、金曜日や土曜日なら良いって言ってるんだ。

そのことをミィから教えられ、表情を明るくしたヒバリに苦笑しつつ、俺は自分のマグカップを持ちもう一口。そういうところ、お兄ちゃん大好きだよ。言わないけど。

「では最初に武具の手入れ、次にアイテムの買い出し、終わり次第レベリングでよろしいでしょうか？　レベリングと言いましても、調整のようなものですわ。あと、夜の魔物と数回で良いので戦ってみましょう。このあたりの魔物でしたら、わたし達は余程のことがない限り負けません。多分ですが……」

「夜なんだが、時間があれば作業場で料理を作りたいなって思ってる。安全に料理作ってられそうにないからな、特に登山中は」

飲み終わったマグカップを返却し、俺達はギルドをあとにする。もちろん、魔物の討伐依頼を受けてから。いつものことなんだけど、行き当たりばったりだ。

まずは今の今まで使って耐久値を減らしたであろう武具に報《むく》いるため、足早に鍛冶屋に向かった。準備はどれだけしても悪いってことは無いからな。

◆　◆　◆

鍛冶屋で武器と防具の耐久値を回復させ、次はアイテムの買い出し。これは俺の料理に使う食材の買い出しも兼ねているので、ちょっと時間がかかる。

でも自分が満足するまで厳選《げんせん》を重ね、ヒバリ達のリクエストに応えて買い込んだ。

駆け足のような状況なんだが、意外と楽しい。

「次はレベリングと調整、あと夜の魔物と戦う、か。時間は有限だし、サッと行かないとな」

「ん、無職ニートの7時間ログインが羨《うらや》ましい」

買い忘れや配り忘れはないか入念《にゅうねん》に調べつつ、ぼんやり呟いた俺の言葉にヒタキが反応した。

兄として羨んで欲しくないんだけど、ずっと好きなことをできるのって魅力だよな。

ちょっとだけ、分かる気がする。

十分準備が整ったら次にすることはレベリングだと決めていたので、俺達はほとんど走るような形で門を抜けた。

街の外はいつも通り、行き来する行商人の姿が稀に見え、街道沿いには冒険者達が魔物相手に戦いを挑んでいる。

俺達は街道から離れ、ヒタキ先生に魔物が密集している場所に案内してもらう。

街道沿いの魔物はＮＰＣ冒険者に間引《まび》かれているのだが、少し遠い場所に行けば、魔物が出現率限界まで存在する。まぁプレイヤー冒険者もいるので、ワラワラ魔物がいるなんてことは滅多にないらしいけど。

ヒタキに連れてきてもらった場所には結構魔物が溜まっており、レベリングするには持ってこいだった。

魔物はスライム、野犬、ゴブリン、コボルトと、今まで何回も戦ったことのあるやつばかり。油断せず戦えばきっと勝てるはずだ。

「よぉし、ヒバリいっきま〜す。全員まとめてかかって来い【挑発】じゃい！」

楽しそうにヒバリが剣を振り回しながらスキルを発動し、魔物の群れに突っ込んで行く。そんなヒバリの姿を見て、ミィとメイが武器を構えて両者同時にダッシュ。狂戦士と書いてバーサーカーと読む、その心は、君達にぴったりな職業だよ……。

まあ、楽しそうでなにより。

ヒタキは小桜と小麦を伴《ともな》い、3人が打ち漏らした魔物を効率的に葬《ほうむ》っている。

俺とリグは、稀にやってくる魔物をリグの糸で簀《す》巻《ま》きにして、毒の牙でトドメを刺す。あとは草むらで草むしり。

「薬草、ハーブ類、野草、雑草……は捨てる」

事前に草むしりもする、とヒバリ達には言ってあるので、ゲーム初日みたいに怒られる心配はないぞ。見慣れた物から見慣れない物まで、手当たり次第プチプチやっていると、雑草までむしってしまう。

『なぜむしったし』と表示される文章に悪意しか感じないのは、俺だけだろうか？　きっと俺以外にもいるはず。

草むらを全部むしり尽くす勢いで励んでいると、不意に俺以外の影が差していることに気づく。

リグがのんびりくつろいでいるので敵ではないはずだが、思わず素早く振り返るとヒタキがいた。

魔物の群れも一段落したので、一心不乱に草をむしる俺を面白半分で見に来たらしい。

一段落と言っても、我がＰＴのバーサーカー達は遠目にも、とても楽しそうに魔物を蹂《じゅう》躙《りん》しているけどな。

「ツグ兄、薬草いっぱい取れた？」

「あぁ、大収穫だ。回復ポーションはより安泰《あんたい》だぞ」

「ん、良かった。とっても安心、良いこと」

今でも売るほど在庫を抱えているポーションを、もっと作ってどうするんだ。一瞬そう考えたが、用意周到《よういしゅうとう》でなにが悪い。

俺の言葉にほわっと笑ったヒタキの頭を軽く撫で、頭に乗せていたリグを両腕に抱え直し、一緒にバーリーカー達の元へ。

減ったハーブ類も補充できたし、新しいハーブも見つけたし、もう草むしりは十分だろう。どうやら新しい魔物の群れも敵ではなかったらしく、俺とヒタキがつく前に倒されていた。

「あ、ツグ兄ぃ！　採取は無事終わったの～？」

「おう、完璧《かんぺき》だ。新しいハーブも見つけたぞ」

「まぁ！　淹《い》れていただくのが楽しみですわ」

楽しそうなヒバリに頷いて答えていると、ハーブと言う言葉に反応したミィも表情を輝かせた。

楽しみにしてくれるなら頑張っちゃおう、と俄然《がぜん》やる気を出す派なので、反応してくれるのはすごく嬉しい。

「よぉし、夜まで魔物退治行ってみよう！」

「ん、おー」

そして俺よりやる気を出したヒバリの掛け声と共に、魔物退治が再開される。

ちなみにもらったばかりの新しい武器であるにゃんこ太刀だが、抜こうとしたらＳＴＲ（力）が足りないのか技術がないからか、俺が抜き終える前に戦いが終わってしまった。

知り合いに、あとで刀を抜くコツだけでも教えてもらおうと心に誓った。

その後、夜まで慎重《しんちょう》に戦い続け、夜戦も大丈夫だと確信する。

遠距離攻撃に長《た》けた味方がいないだけで、バランスは良いみたいだからな。

数回戦って魔物退治を終え、俺達は足早にコウセイに向かった。

街に入ってすぐギルドに寄って討伐の報告、そして料理を作るため作業場へ。

「今回はなに作るの？」

作業場に入ってヒバリの第一声がこれ。ちょっと食い意地が張っているとお兄ちゃんは思うんだけど、これがヒバリの良いところか。

いろいろ買ったは良いけれども、実を言うと何を作るかまで考えてないんだよな。適当に食材を触ってればそのうち思いつくかな、って考えてたから。

25歳の俺がやっても可愛さの欠片もないだろうが、人差し指を唇の近くに寄せ、笑って誤魔化せるかどうかやってみよう。

「なーいしょ。出来てからのお楽しみ、だな」

「⁉　う、うょぇいうぅっと、わがやのおにーちゃんがとおといけんについてぇぇぇぇぇん！」

意外と簡単に誤魔化せてしまい、奇声を発するヒバリ。それを無視して、俺は妹やリグ達がおしゃべりできるようテーブルの上を整えていく。その間にも、なにを作ろうかと考えてはいるよ。

んー、スープ系も欲しいよね、ロールキャベツも少なくなってきたし。

主食はパンだとして、摘んだハーブでハーブティーも淹《い》れたいし、過剰だとしてももう少しポーションの在庫も確保したい。

やりたいことが後から後から出てきてこんがらがるから、とりあえず料理を始めよう。

料理が終わってからヒタキ先生やミィと相談すれば良い、はず。

「とりあえず、料理作るから。いつも通り必要になったら手を貸してくれると嬉しい」

「はーい！　遠慮《えんりょ》しないで大丈夫だよ、ツグ兄ぃ」

「ん、手伝う。ツグ兄、呼んで？」

「そうですわ。力仕事はお任せくださいまし」

作業台に向かいながら俺はテーブルを囲みしゃべり出した３人娘に声をかけると、彼女達は快く承諾《しょうだく》してくれる。まぁ、当たり前なんだろうけど。

作業台の隅にある水瓶《みずがめ》で手を洗い、俺はインベントリから食材を取り出した。

「まず時間がかかるヤツから仕込むか……」

これたり焼いたりするパンも良いんだけど、この買いすぎた食材を消費するには、ボルシチに似た野菜のごった煮が良いはずだ。

ロールキャベツに使っていた水筒もいっぱい空《あ》いているし、煮込めば煮込むほどおいしくなるし、最初はこれで良いか。

そうと決まれば早い。ミィに大きな寸胴鍋《ずんどうなべ》を運んでもらい、ヒバリとヒタキに水を入れてもらう。その間に、俺は大量にある野菜の下拵《したごしら》え。

野菜の白菜とキャベツ以外、タマネギ、ニンジン、トマト、セロリ、ジャガイモをみじん切りに。大きなごろごろ野菜のほうが妹達も満足するだろうから、2センチ程度に切りそろえよう。

鍋に油を引き、ニンニクっぽいなにかを炒める。

んでタマネギ、ニンジン、セロリ、ジャガイモを投入。タマネギがしなっとなってきたら、牛肉を入れたりソーセージやら肉団子もたっぷり投入。

炒め終えたら鍋に水、トマト、塩コショウ、ちぎったローリエ、白菜、キャベツ、まぁ味を見ながら適当に調味料を突っ込んでおく。

30分くらい煮れば完成なんだろうけど、いろいろと良いものが出ると思うので、そのまま弱火でコトコトじっくり煮込む。

ビーッ？　なにそれ状態なので、言わないでくれると嬉しい。

あ、ローリエは煮込み終わったら取り出そうな。食べられなくはないだろうけど、おいしいものではないからな。

知り合いに食べたやつがいるんだが、それは察してくれ。

【じっくりコトコト煮込んだボルシチ（仮）】

ボルシチというより、もはや野菜のごった煮に近い。そんなカオスなものでも、絶品なのはお約束。レア度５。満腹度＋15％。

【製作者】ツグミ（プレイヤー）

ボルシチのようななにかを煮込んでいる間、次に作るものを考える。やっぱりパンかな？

今回はそれだけでも手軽に食べられる、総菜《そうざい》パンを中心に作っていこう。

ほとんどは作ったことあるやつだが、何個か反復して作るぞ。まずはスライムスターチ、砂糖、塩、水を木のボウルに入れてこねる。

ある程度生地がまとまってきたら、バターを入れて良くこねる。こね終えたら布巾などの布を被せ、常温に置き一次発酵。２倍に膨らんでいたら大丈夫なので、大量の生地を適当に分けて丸める。そしてまた布巾などを被せ、二次発酵。

今回はゲームを始めて一番パンを作ったかもしれない。

発酵の終わった生地を手に取り、ピザのような形に成形していく。周りの生地を厚めにし、真ん中の生地を薄くしておくと良いかも。

具材は一番にマヨネーズを塗り、コーンとチーズをちりばめる。

ちなみに生地をこねるのもマヨネーズを作るのも、力持ちだと自負《じふ》するミィに手伝ってもらった。

ヒバリに頼んで190度に予熱してもらった竈で15分焼けば出来上がり。


【あつあつとろーりコーンマヨパン】

あつあつで、とろりとろけるチーズとコーン、マヨネーズの三重奏《さんじゅうそう》は抜群《ばつぐん》の相性《あいしょう》を誇る。ただしカロリーは高めなので、食べ過ぎには注意。レア度4。満腹度+8%。

【製作者】ツグミ（プレイヤー）

同時に作っていた、ジャガイモを適当な鍋で茹でてから潰し、マヨネーズと塩コショウで味付けしたシンプルなポテトサラダ。

これもパンの中に入れて総菜パンにしようと思うんだけど、手間暇を考えればそのまま食べても良いかもしれない。でも、気づかなかった振りをしよう。

残りの大量にあるパンを手に取って、ガス抜きをしながら円形に伸ばして中心にポテトサラダを置き、摘んで閉じて丸める。摘んだ方を下にして置いておくと良いぞ。

ハサミのようなもので上を少し幅広く十字に切り、マヨネーズとチーズを少々載せる。

180度に火力を落とした竈で12分~15分焼けば完成。

【ホクホクあつあつポテサラパン】

ジャガイモの味を損なわない素朴《そぼく》な味付けだが、とてつもないさじ加減で調理されている。パン上部の切れ込みから覗くマヨとチーズも絶品。レア度４。満腹度＋12％。

【製作者】ツグミ（プレイヤー）

結構簡単に作れるものなので、大した時間はかかってない。

理由は功労者《こうろうしゃ》である力持ちなミィと、功労スキルである【料理】のおかげであることをここに記《しる》そう。雑に作ってもちゃんと完成するこの感覚を覚えたら、普通に戻れなくなるかもしれないな。

あとはクッキーをいろんな種類作って、新鮮な果物も買ったからジャムを作ろう。ジャムを作るなら、スコーンやワッフルも作りたい。

とりあえずスコーンから。

万能粉のスライムスターチ、バター、牛乳、ハチミツを用意。木のボウルにスライムスターチと少し溶《と》かしたバターを入れ、木ベラで良くかき混ぜる。

そこに少しずつ牛乳をくわえ、しっとりさせる。

そしてハチミツをどーん。生地がまとまってきたら適当な大きさにし、１７０度くらいに予熱した竈で10分から20分焼く。

焦げ目がついてきたら取り出し、冷まして完成。

ワッフルは独特の形をしているけど、ファンタジーの世界にはワッフルメーカーがない。

そんなお悩みを持っている皆さんに、多分きっと朗報《ろうほう》かもしれないことをお教えしよう。

探した結果ありました。1枚ずつ焼く、古式ゆかしい感じのが。

というわけで作ります。

スライムスターチ、砂糖を木のボウルに入れ木べラで良くかき混ぜる。食用油を加え、生地をグルッと混ぜる。牛乳を3回くらいに分けて入れ、またまた軽くグルッとかき混ぜる。

牛乳を入れてから、練らずに切るように混ぜると良く膨らむからな。

あとは鉄のワッフルメーカーに生地を入れ、好きなだけ焼けば出来上がり。


「うん、こんなものかな」


物欲しそうな表情で料理を見ていた妹達に数個ずつ渡し、出来立てを竹のような素材で編まれた籠に詰め、インベントリに入れ終了。

それから俺も、ほとんど雑談になっている作戦会議に参加した。

とは言っても、大した新しい情報があるわけではない。

ゲーム内でも、筑波山の近くにある湖から女神を模《も》した大きな石像が見える、という話くらいだろうか。位置的に牛久《うしく》大仏のゲーム版じゃないか、と言われているらしい。

特に興味の無い俺達は、あぁそうで済んでしまう情報だった。

「時間もないし、あとはログアウトするだけだね」

「ん。山、日曜日までには帰ってこれる。ちょっとしたお散歩、わくわく」

「そう言えば、わたし次のログイン日曜日ですわ。楽しみは楽しみなのですが、ちょっとしょんぼりです」

ヒバリが窓の外を眺めながら思い切り伸びをし、ヒタキはどこか楽しそうな表情で明日からの予定に胸を高鳴らせていた。

そんな2人とは対照的に、ミィがいつもはピンと立っている耳をしょんぼりヘタらせた。

さすがに母親の早苗《さなえ》さんを敵に回したくはないので、俺はだんまりを決め込ませてもらおう。だが、ヒタキ先生の一声でしょんぼり耳は一気に立ち上がり、尻尾まで振り出す。

「王都には、闘技場がある」

「はっ、そうでした！　復活いたしましたわ」

「ん、なら良かった」

あ、うん、そりか……否応《いやおう》なく闘技場とやらへの参加が決定したところで、そろそろ時間なので、忘れ物がないか確認してから作業場から退室。

何回か料理提出のクエストをしても、しばらく料理の数には困らないと思う。ええと、今のがヒバリの言う「フラグ」にならないことを祈っておくぞ。

いつもの噴水広場に行き、いったん端のほうにポツンと空《あ》いているベンチに座る。

作業中ずっと構ってあげられなかったリグ達は、４匹で仲良く遊んでいたようなので機嫌が悪いこともない。

ちょっぴり安心した俺はウィンドウを開き、４匹を休眠状態にして、妹達にやり残しがないか聞いてからログアウトのボタンをポチッと押した。

◆　◆　◆

ログアウトした俺は雲雀と鶲にゲームのあと片付けを任せ、残りの家事をやろうと立ち上がろうとした。

そこで雲雀が「大声で「あっ」と言って駆け出した。

俺にこのまま待っていて欲しいようだ。

でもな雲雀。俺は中腰で待ってなくちゃいけないわけで、結構辛いぞ、これ。

「つぐ兄……」

片付けを終えていないのに行ってしまった雲雀の代わりに、黙々《もくもく》と片付けをやっていた鶲が、可哀想な人を見る目を向けてきた。

いや、どうせ大した時間維持できないし、そんなにやろうとは思ってなかったんだけど……俺は何事もなかったかのようにストンと座り、雲雀の帰還を待つ。

そんな俺と鶲のやり取りを知らない雲雀が勢いよくリビングに入ってくると、手に持っていた物をテーブルにぶちまけた。

何個もテーブルからこぼれ落ちているが、上機嫌の雲雀はお構いなしだ。少しは気にして欲しいな。

「つぐ兄ぃ、ひぃちゃん、ばば～んっ！　雲雀ちゃんお手製の編みぐるみ！　これバザーで売ろう！」

俺と鶲は雲雀の奇行に唖然としていたんだが、すぐに彼女がなにを言いたいのかを理解した。

確かに雲雀の趣味である編みぐるみは、いつの間にか量が増えているし、これだけあるなら売っても良いかもしれないな。

衛生面に気を使う料理なんかより、よっぽど許可も下りやすいし。

リグやメイ、小桜や小麦の編みぐるみも作ってみたいと言っていたが、それは自分の腕前と相談してくれ。さすがに編みぐるみは俺の守備範囲外なので、相談されても困るからな。

雲雀の持ってきた編みぐるみを持ち上げ眺めつつ、俺は良いんじゃないかと頷く。

鶲がゲーム片付けてくれたので、編みぐるみを箱の中に入れて解散。

家事を済ませて風呂に入り就寝《しゅうしん》しようかと思ったんだけど、そう言えばゲームしてる途中に思ったことがあるんだった。

大学生時代の知り合いで古物商《こぶつしょう》をしている無類《むるい》の古美術好き——愛していると言っても良いかもしれない——に聞けば、正しい太刀の抜き方を教えてくれるだろう。多分、きっと。

「こんな時間に悪い。にゃんこ太刀ってのをVRMMOゲームで手に入れたんだけど、それの抜き方について……いや、興奮しなくて良いから。だから抜き方、言い回しでも興奮すんな！　だから刀の、うん、最初から……は？」

良い子は寝る時間だけど、まだ大丈夫だろうと思い電話をかけると、なんと2コール目で出た。

なぜか鼻息の荒い知り合いをなだめるも、まるで効果が無い。

なんでだよ！　と叫び、頭を叩いてやりたい気持ちになるが、電話口なので我慢。こっちから頼んでいるわけだしな、一応。

ようやく真面目なトーンになったと思ったら、「つぐぴょんじゃ、きっとその太刀抜けないよ。ゲームの中だとしてもつぐぴょん非力だからねぇ〜。そのままお姫様やってたほうが良いんじゃない？」とのこと。

なんでお前が俺のゲーム事情を知っているんだ、と突っ込みたかったが、一気に疲れが押し寄せてきたので、そこで電話を切った。

慌てたような声が電話口から聞こえた気もするけど、俺は知らん。

そりゃ世界的に売れてるゲームなんだから、俺の知り合いがやってる可能性もあるんだよな。世間《せけん》は狭いと言うし。

これまで妹達と和気あいあいやっていたから、見かけても話しかけなかったのかもしれない。

はぁ、疲れてしまったので、明日からに備えてさっさと寝るか……。

R&M攻略掲示板

【あぁ～こころが】LATOLI【ロリロリするんじゃぁ～】part5

（主）=ギルマス

（副）=サブマス

（同）=同盟ギルド

1:プルプルンゼンゼンマン（主）
↓見守る会から転載↓
【ここは元気っ子な見習い天使ちゃんと大人しい見習い悪魔ちゃん、生産職で女顔のお兄さんを温かく見守るスレ、となります】
前スレ埋まったから立ててみた。前スレは検索で。
やって良いこと『思いの丈を叫ぶ・雑談・全力で愛でる・陰から見守る』
やって悪いこと『本人特定・過度に接触・騒ぐ・ハラスメント行為・タカリ』
紳士諸君、合言葉はハラスメント一発アウト、だ！

・

・

・

201:餃子
>>196釣り優勝おめｗｗｗ
神様釣り上げるとか神だけに神がかってる。良いことあるよ、たぶん。

書き込む　全 部　＜前100　次100＞　最新50

R&M攻略掲示板

202:コンパス

今日は仔狼ちゃんいるー！

俺的に姫カットは神だと思います！

203:中井

レベル上げ飽きたなぁー。

204:密林三昧

>>199自分、旅館此の花にあるウォータースライダー祭りしたけど、怖いとかなかった！　ただ、何度か空中に投げ出されそうになったから気をつけて！

205:かなみん（副）

>>200ぉｋ。あとで個チャ送る。

206:わだつみ

みなさんご用達《ようたし》、此の花にロリっ娘ちゃん達は泊まるらしい。あそこが一番料理おいしい。金額は高めだけど。

207:つだち

さて、此の花に泊まる準備をせねば！

書き込む　全部　＜前100　次100＞　最新50

R&M攻略掲示板

208:フラジール（同）

>>202全力で同意！

209:さろんぱ巣

あそこ枯山水《かれさんすい》が素敵だから好き。侘《わ》び寂《さ》びの心が生きてる！

210:黄泉の申し子

>>203そりゃ、あれだけ無心に魔物狩りしてたら飽きもするだろ。一緒に温泉入ろう。リラックスするべ。

211:ヨモギ餅（同）

湯着買った！

温泉！　いい湯だな！

212:棒々鶏（副）

旅館に不審《ふしん》がられないよう、小刻《こきざ》みに旅館へ行く変態ギルド。我々は周りの皆さまに迷惑をかけないよう、細心の注意を払ってロリっ娘ちゃん達を見守っております。ご了承《りょうしょう》ください。デュフフw

213:かるぴ酢

>>204ファッ!?　安心できない！　そんなことあったらタマヒュンする！

書き込む　全 部　<前100　次100>　最新50

R&M攻略掲示板

214:NINJA（副）

ロリっ娘ちゃん達は温泉入るでござる！　俺もついて行くでござる！　ちなみに目の前の部屋になったでござるよ！

215:iyokan

>>209枯山水、ここで料理人してるうちの爺《じい》さんがこだわったらしいぜ！　だから好きって言ってくれて嬉しい。

216:ましゅ麿

>>212良いこと言ってるけど最後で台無《だいな》しだよ！　www　ガッカリ！　www

217:甘党

不審者にならない程度、難しい……。

218:もけけぴろぴろ

>>214ニンジャアアアァァ！　羨ましいw

219:魔法少女♂

>>214危ないのは月夜ばかりだと思うなよ！

・

・

書き込む　全部　＜前100　次100＞　最新50

R&M攻略掲示板

・

243:sora豆

あぁ、天使や……。

244:氷結娘

題名「天使達の休息」、だな。

245:夢野かなで

目の保養すぎる。

246:黒うさ

>>238うん。あれSTR300以上じゃないと持ち上げられない。ま、STR特化の仔狼ちゃんだから、うん。

247:焼きそば

なんだろう、この気持ち。一言で言うならば、ロリコンで良かった。

248:ナズナ

>>240今日は楽しいロリっ娘ちゃん日和《ひより》となっております。良いですな？

書き込む | 全 部 | <前100 | 次100> | 最新50

R&M攻略掲示板

249:空から餡子
え、あ、あれ……？

250:白桃
湯着が最低限の露出度《ろしゅつど》で良かった。あの運営のことだから、水着でも着せられるんじゃないか？　って思ったんだよね。杞憂《きゆう》で良かった。本当に。

251:棒々鶏（副）
ただいまロリコンギルドのLATORIは至福《しふく》タイムに入っております。決して賢者タイムではないことを、切《せつ》に、切に願っておりまwww

252:黄泉の申し子
>>247おれもおれもー。

253:神鳴り（同）
ん？　ちょっと待て。

254:kanan（同）
お、おぅ……。

書き込む　全部　＜前100　次100＞　最新50

R&M攻略掲示板

255:かるぴ酢
ええと、あれをなんと形容して良いものか……。なんか面白いんだけど、も。

256:中井
ロリっ娘ちゃん達とお兄さん、あれ素でやってんのかな？　めっちゃ面白い。

257:コンパス
>>250それフラグｗｗｗ

258:プルプルンゼンゼンマン（主）
やっぱ器用だな、あの兄妹。

259:魔法少女♂
思わず拍手を送ってしまった。ついでにＳＳも撮《と》った。自分用の。

260:ましゅ麿
>>246うんうん、特化だからなー。
それはそうと、姫《ひめ》路《じ》城《じょう》はすごい。試される大地で毎年やってる、あの雪像祭りに招待したい気分。きっと大盛況。

書き込む　全部　＜前100　次100＞　最新50

R&M攻略掲示板

261:わだつみ

とりあえず、温泉施設にはロリっ娘ちゃん達を害する人間はいそうにないな。ちゃんと見てたから安心してくれ！

262:コズミックZ

にゃんこかわゆいなぁ……。

・

・

・

289:黄泉の申し子

俺はとんこつラーメン！

290:sora豆

自分は醤油ラーメンが一番好ましいと思うよ！　醤油！　醤油！

291:かなみん（副）

イカスミラーメンおいしいよ！

292:餃子

あ、ロリっ娘ちゃん達は温泉卵買うみたいだよ。おいしいよね。

書き込む　全部　＜前100　次100＞　最新50

R&M攻略掲示板

293:氷結娘
こっちはラーメン派よりうどん派だからなぁ。あんまり店がない。

294:ちゅーりっぷ
お兄さんのラーメン（手打ち）を食べてみたい。おいしいんだろうなぁ。高くていいから１回は食べてみたい。

295:パルスィ（同）
>>287毎食食べるなら結構な値段が吹き飛ぶと思うぞ？　今なら簡易麺もあるし、そっちに手を出した方がいいかもしれん。あ、もちろん野菜も食べろよ？　食事はバランスが大事だからな。歳を、歳を取ってからじゃ遅いんだ……。

296:魔法少女♂
>>291ん？　イロモノかな？

297:黒うさ
硫黄は腐《くさ》った卵の臭い、とか言われても分かんねぇよな。俺的に臭くないし。

298:焼きそば
イカ……スミ……だと！

書き込む　全部　＜前100　次100＞　最新50

R&M攻略掲示板

299:ナズナ

>>294全力で同意なんですけど！

300:甘党

>>293それなんて香川県？　www　違うかもしれないけどwww

301:もけけぴろぴろ

俺のとこ、激盛《げきも》りペガサス星の煌《きら》めきは宇宙のごとく揺《ゆ》らめく愛は嫌なのよラーメンってのあったんだけどwww

302:コズミックZ

ラーメンうまうま。

303:iyokan

ロリっ娘ちゃん達、旅館に戻ったみたいだね。俺もHPとMP心許《こころもと》ないし、夕飯食べたらすぐ寝る。んで、朝早くからロリっ娘ちゃん達の安全見守る！

304:かなみん（副）

>>301ちょっwww

書き込む　全部　＜前100　次100＞　最新50

R&M攻略掲示板

305:夢野かなで

>>292温泉卵好き！　（じゅるり

306:密林三昧

>>301それ、イロモノってレベルじゃねーぞ！　www　まじヤバwww

307:NINJA（副）

あ、ロリっ娘ちゃん達がまた温泉入るみたいでござるよ。俺も行くでござる。

・

・

・

332:コンパス

>>327珍しいよなー。ロリっ娘ちゃん達がギルド内スペースで休むとか。

333:中井

ギルドの飲食スペースにある野草茶、マジうまいからオススメ！　ジョッキ並みのマグカップ１杯で100Mだし。

書き込む　全部　＜前100　次100＞　最新50

R&M攻略掲示板

334:ちゅーりっぷ
ロリっ娘ちゃん達、いろいろ買い漁《あさ》るらしいぞ。どっか行くのかな？

335:プルプルンゼンゼンマン（主）
>>329やっぱ結構カオスな状況だぞ？　まぁ、どっちに転んでも良いけど。俺達はあくまでも、ロリっ娘ちゃん達に快適にゲームをしてもらうギルドだからな。あ・く・ま・で・も・な。

336:NINJA（副）
ついて行くでござるよー。しゅしゅしゅ、でござる。にんにん。

337:ナズナ
嫁さんに怒られた。落ちます(ノ皿`)

338:コズミックZ
>>333おいしかった！

339:棒々鶏（副）
ううむ。GvGや攻城戦に魔物襲撃、そろそろ本格的になるかもしれない。いつあの運営が動いてもおかしくないし、ある程度は話し合いましょー。

書き込む　全部　<前100　次100>　最新50

R&M攻略掲示板

340:空から餡子

ロリっ娘ちゃん達、外に行くみたい。どこまでもお供《とも》するぜー。

341:氷結娘

仔狼ちゃんの魔物倒しっぷりを見ると、爽快感《そうかいかん》を覚えるのは俺だけじゃないはず。むしろ蹴ってほしいかも……。

342:焼きそば

>>337なにしたん？　www　お疲れさまでした。なむなむwww

343:嫁はメシマズ（同）

お兄さんの草むしりを見てると安定感があることに安心する。あの手つき、慣れた者の手つきじゃ。あやつは日曜日あたりに良くやっているのであろう。

344:かなみん（副）

我らがお兄さんは草むしり上手、と。

345:魔法少女♂

>>337おwwwつwwwかwwwれwwwさwwwまwww

書き込む　全部　＜前100　次100＞　最新50

R&M攻略掲示板

346:わだつみ
>>337乙ですｗｗｗ

347:黒うさ
暗くなってきたのに帰るそぶりがない。もしや、夜狩り？

348:黄泉の申し子
>>341へ、ヘンタイダー！

349:乙葉（同）
こんかいはてんおんせいにゅうりょくにしてみましたまるどうでしょうはてな
みなのものてんであえであえびっくりまーく

350:さろんぱ巣
ロリっ娘ちゃん達、食材もいっぱい買ってたし、夜狩り終わったら作業場で夜を明かしてログアウトだろうなぁ。

351:つだち
>>348そう言う自分も変態の癖《くせ》になに言ってんだか（ぽっ

書き込む　全部　＜前100　次100＞　最新50

R&M攻略掲示板

352:夢野かなで

コツあるんですよ、乙葉さん。今から個チャで教えますね～。

書き込む　全 部　＜前100　次100＞　最新50

あとがき

この度は、拙作《せっさく》を手に取っていただき、誠にありがとうございます。文庫版も四巻目となりました。これもひとえに読者の皆様の応援のおかげです。

さて、今回は迷宮の街でのダンジョン探索を皮切《かわき》りに、ツグミ達一行は『ＲＥＡＬ＆ＭＡＩＫ』の世界をより深く堪能すべく有名な観光スポットへ向かいます。

本書に登場するコウセイと呼ばれる和風建築の温泉リゾート地がそれです。ここで彼らは、リアルでは再現できない不思議な巨大温泉プールへ入るわけですが――。

当然、読者の皆様がご想像されるとおり、ヒバリ達十三歳組も仲良く一緒に温泉を楽しむことになります。ただし、彼らは未成年ということもあり、公序良俗《こうじょりょうぞく》に重きを置く作者としては、その夢を無情にも捻り潰すがごとく、チャーミングな甚平を着せるに留《とど》めました。したがって、鉄壁《てっぺき》のガードを誇る彼女達には、残念ながら万に一つの「ポロリ」もございません。その点については、悪《あ》しからずご留意くださいますよう……。

話は変わりますが、本作でツグミ達は温泉街の近場にある神之池という場所で開催されている釣り大会に出場し、参加賞であるにゃんこ太刀を手に入れます。これは猫又を使役できる特殊な刀であるため、運動神経に難《なん》のあるツグミにとっては掛け替えのない一太刀となってくれるでしょう。この時仲間になる白猫又の小桜と黒猫又の小麦は、どちらも割りとクールな性格をしているものの、しっかりツグミと信頼関係を築き、リグやメイとも打ち解けて仲良くなります。

それともう一つ、毎度お馴染みのちょっとした小話を。

ギルド掲示板でお馴染みのLATOLIのメンバー、高知県民で双剣士iyokan氏に関してですが、本書では彼のお爺さまをツグミ達の泊まっていた宿の料理人として描いています。すなわち彼の名字《みょうじ》は、お爺さまのプレイヤーネームが『梅田権左ェ門』ということから……もうお分かりですよね？

今後、新たなエピソードが生まれるかもしれませんが、それはまた次回作以降のお楽しみということでお願いいたします。それにしても、伊勢エビの活け造り、美味しそうですね。食いしん坊《ぼう》の作者としては、コウセイ特産の温泉饅頭と温泉卵も食べてみたいです。

まだまだ語りたいこともございますが、この辺で終わらせていただきます。

最後になりますが、この本に関わってくださった皆様へ心からの感謝を申し上げます。

それでは次巻でも、皆様とお会いできますことを願って。

二〇二〇年二月　まぐろ猫@恢猫

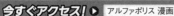

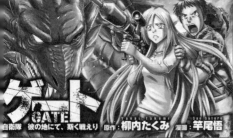

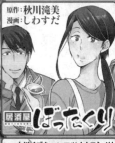

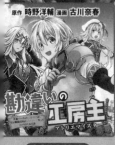

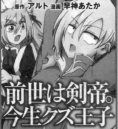

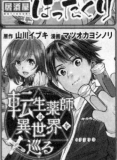

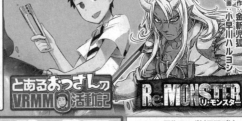

アルファライト文庫

この作品に対する皆様のご意見・ご感想をお待ちしております。

おハガキ・お手紙は以下の宛先にお送りください。

【宛先】

〒150-6008 東京都渋谷区恵比寿4-20-3 恵比寿ｶﾞｰﾃﾞﾝﾌﾟﾚｲｽﾀﾜｰ 8F
（株）アルファポリス　書籍感想係

メールフォームでのご意見・ご感想は右のＱＲコードから、
あるいは以下のワードで検索をかけてください。

アルファポリス　書籍の感想　検索

ご感想はこちらから

本書は、2016年5月当社より単行本として
刊行されたものを文庫化したものです。

のんびりVRMMO記《き》4

まぐろ猫@恢猫（まぐろねこあっとまーくかいね）

2020年 4月 24日初版発行

文庫編集－中野大樹／篠木歩
編集長－太田鉄平
発行者－梶本雄介
発行所－株式会社アルファポリス
〒150-6008東京都渋谷区恵比寿4-20-3恵比寿ガーデンプレイスタワー8F
TEL 03-6277-1601（営業） 03-6277-1602（編集）
URL https://www.alphapolis.co.jp/
発売元－株式会社星雲社（共同出版社・流通責任出版社）
〒112-0005東京都文京区水道1-3-30
TEL 03-3868-3275
装丁・本文イラスト－まろ
装丁デザイン－ansyyqdesign
印刷－株式会社暁印刷

価格はカバーに表示されてあります。

落丁乱丁の場合はアルファポリスまでご連絡ください。

送料は小社負担でお取り替えします。


ISBN978-4-434-27307-0 C0193